星光

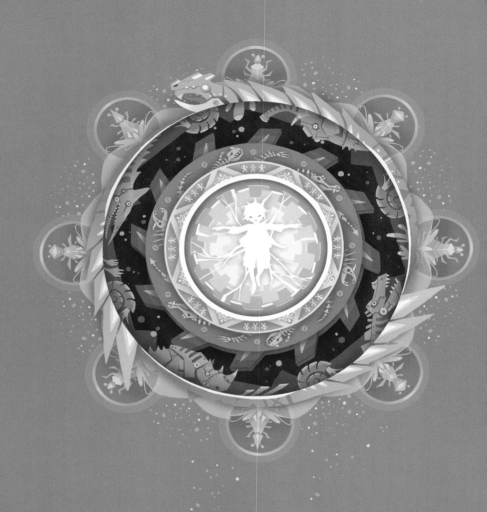

在一片意識的混沌海洋中游蕩，
依稀可以聽見美人魚的歌聲，在輕聲吟唱⋯⋯
一場又一場海市蜃樓，
在泡沫中浮華上演。
星辰是黑夜的眼睛，
引領着白晝的光明。

阿多拉基

❷

在黑暗處閃光

郭妮 著　　索飛瀾 繪

新雅文化事業有限公司
www.sunya.com.hk

阿多拉基 2

在黑暗中閃光

作　　者：郭妮
繪　　圖：索飛瀾
責任編輯：龐頌恩
美術設計：蔡學彰
出　　版：新雅文化事業有限公司
　　　　　香港英皇道 499 號北角工業大廈 18 樓
　　　　　電話：(852) 2138 7998
　　　　　傳真：(852) 2597 4003
　　　　　網址：http://www.sunya.com.hk
　　　　　電郵：marketing@sunya.com.hk
發　　行：香港聯合書刊物流有限公司
　　　　　香港新界大埔汀麗路 36 號中華商務印刷大廈 3 字樓
　　　　　電話：(852) 2150 2100
　　　　　傳真：(852) 2407 3062
　　　　　電郵：info@suplogistics.com.hk
印　　刷：中華商務彩色印刷有限公司
　　　　　香港新界大埔汀麗路 36 號
版　　次：二〇二〇年六月初版

ISBN: 978-062-08-7536-6

你會為何而戰？
請仰望天空的星辰——
這裏是荒原海豚號科考飛船，
我們正遭受智能人攻擊！
拿什麼去撞擊鋼鐵，
勇士自有他的傲骨。
警報！
遇襲！求救！
隆隆……
荒原海豚號堅持不了多久了。
那些奮斗的階梯上，
攀爬着芸芸眾生……
砰砰砰砰砰砰砰砰砰
嘉諾，
快走！

……
♫ 凝視自己，
勿忘清澈的眼眸……
𝄞 去面對一切非難，
世間的種種……
咔嚓……
咔嚓咔嚓……
咔嚓咔嚓……
雨季結束。
看起來……
明天會放晴了——
♪ 正義永不缺席，
它只是在來時的路上……
ADOORAKI
[海豚之隕]
——狂野小子樂隊《戰歌Disco》

鎖孔中傳來機簧聲，
未告知旅途已經開始。

主要角色介紹

活躍在黑鐵時代的倖存者們

> 身分驗證中……
> 虹膜確認
> 聲紋確認
> 檢索開始
> 檢索成功 建立檔案

> 警告！
> 偵測到網絡威

彭嘭

喬拉

馬達

嘿嘿

白雲衛士
從天而降的巨蛋裏鑽出的奇怪氣球人。因為某些原因一直跟着小笨貓，偶爾發動一場說走就走的冒險。

·機密·

沐恩
被廢鐵鎮居民們昵稱為「小笨貓」的熱血少年，愛機甲勝過一切，夢想成為傳奇機甲駕駛員，登陸火星冒險。

·機密·

小小軍團成員
小笨貓和朋友們組成了小小軍團，大家組隊進行銀翼聯盟機甲競賽，屢敗屢戰。

·機密·

> 權限無法獲得該信息

> 目標信息讀取中……

> 關鍵信息檢索

黑客時間　00:00:03

> 系統重新啟動成功
> 系統故障

ADOORAKI
戰神 阿多拉基

> 搜索文件成功

> 進行網絡防禦

> 信息讀取成功

101

幻牌卡佩

月光街上，猩紅之眼·機械人店的神秘店長，對珍貴機甲如數家珍的古怪收藏家。

·機密

爆狐

性格殘暴怪異的智能人，目前聽命於奧茲曼博士。利爪傭兵團的首領。

·機密

吸鐵石

裂變蟲K97，別名吸鐵石，執行追捕陳嘉諾的邪惡智械，具有吞噬和控制金屬的異能。

·機密

冪砂

擁有一頭魚骨辮的高階智能人，是利爪傭兵團的智慧擔當，性格冷漠、陰狠。

·機密

野原輝 & 野豬攔路者

野原輝，哈皮軍團的大哥。野豬攔路者是他爸爸野原光購買的保鏢級機械人，性能非常卓越。野原輝是小笨貓在廢鐵鎮的宿敵。

·機密

> 檢索無效

數據化分析 ▭▭▭➡

掃描中……

> 進入成功

> 準備進入系統……

睜眼，將目光投向彼岸，
　　獵鷹，在星辰間逡巡。
　　　　那邊，可有一個人類居住的國度？

　　思想者，歸然不動。
　　　　大地致以緘默。

　　　　　星球在腳下旋轉，
　　　　　　抓住，這一世短暫光影，
　　　　　　　　何須，向遠而行？

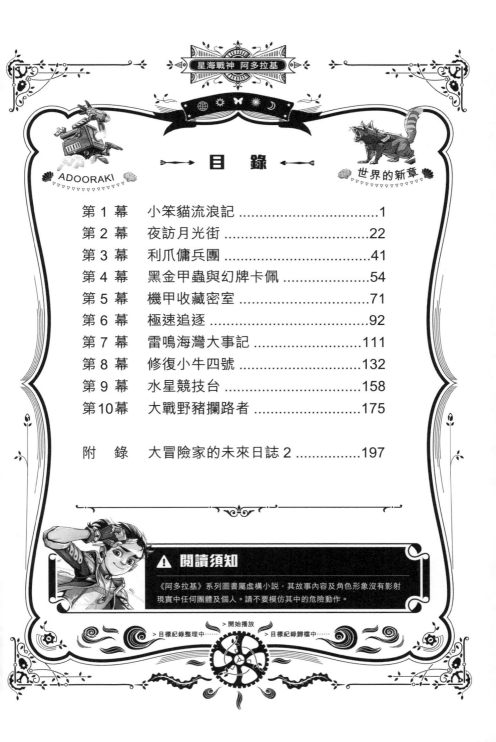

星海戰神 阿多拉基

ADOORAKI　　世界的新章

→ 目 錄 ←

⚠ 閱讀須知

《阿多拉基》系列圖書屬虛構小說，其故事內容及角色形象沒有影射現實中任何團體及個人。請不要模仿其中的危險動作。

> 開始播放
> 目標紀錄整理中⋯⋯　　> 目標紀錄歸檔中⋯⋯

第 1 幕

小笨貓流浪記

　　事情不能變得更糟了……小笨貓沐恩和喬拉逃過一劫，悄悄繞到鐵皮屋後窗朝裏窺探。

　　「是福不是禍，是禍躲不過。」喬拉瞟了小笨貓一眼，憂心忡忡地说。小笨貓趴在窗台邊，喉嚨裏彷彿塞滿了沙子。他眼睜睜地看着奇兵螞蟻將馬達和彭嗞扛了起來，分別綁在不同的古怪機器上。馬達和彭嗞流淌着淚水，發出幾不可聞的嗚咽聲。

老沐茲恪在一旁巡視，暴怒的表情比鋼鬃瑪麗有過之而無不及。

「都怪你們，沐恩才會變得這麼頑劣！今天我要好好教訓教訓你們兩個！説！他人在哪兒？」老沐茲恪説着，將牆上的紅色電源開關重重拉下，機器立刻轟隆隆地運轉起來。

小笨貓和喬拉目光交匯，眼神中充滿驚恐。

他們都體驗過老沐茲恪發明的「火辣泰式按摩器」和「腦波訓練儀」的威力。

「沐茲恪爺爺，就算被你電死，我也絕對不會出賣笨貓的！」彭嗙視死如歸地回答。

「他脾氣真硬。」喬拉在窗外憂鬱地説。

「是個好兄弟。」小笨貓嚥下一口苦澀的唾沫。

「薩哇迪卡！」火辣泰式按摩器的六隻機械鐵掌雙手合十，開始對彭嗙進行按摩前的關懷。電子音結束後，鐵掌們分工協作，有的摁住彭嗙後背，有的拽起他的雙手，有的拍打屁股和腳板。

「哎喲！」正在被六隻機械鐵掌「放鬆筋骨」的彭嗙大聲慘叫，「笨貓回來偷零件這件事，我可不能説！」

「薩哇迪卡！」機械鐵掌拍起了彭嗙肚子上的肥肉，發出嘭嘭的悶響。

「哎喲！我死也不會説，他老説您壞話！」

「薩哇迪卡！」機械鐵掌一邊按壓彭嘭的穴位，一邊按揉他的腳板。彭嘭又哭又笑，眼淚、鼻涕像粉條似的掛了滿臉。

「那邊的小子，你怎麼說？」老沐茲恪的機械眼瞪向馬達。

「沒……沒錯！3.1415926……」馬達坐在一張鏽跡斑斑的理髮椅上，頭上的腦波整流罩發出刺啦作響的音樂聲，他必須不停地背誦圓周率才能讓音樂聲停下來，「尊敬的沐爺爺，吵死我也不能説……5358……貓哥湊錢買的機械人，被他弄壞了……97932……他又撿回個氣球人，還欠了一屁股債……384626……他帶我們來找點兒零件，想修好小牛四號。他逃了，我和彭嘭……」

這時，窗外的小笨貓偶然與馬達對視。

馬達大吃一驚，漲紅臉大喊：「4338……我……我絕對不會説，貓哥沒跑遠，正在窗戶外……3279……還有喬拉！」

「貓哥，這算叛徒嗎？」喬拉低聲説。

「意志不堅定，廢話還多！」小笨貓鬱悶地撓了撓頭皮。

老沐茲恪抬起頭，機械眼迸射出一道紅光，窗外的兩個模糊的人影立刻被他掃描了出來。

「藏頭露尾，敢做不敢當！就這品行，也配做機甲駕

駛員？」老沐茲恪冷冷地説。

小笨貓心裏湧起的怒氣瞬間把所有的恐懼都沖散了。他不顧喬拉的反對，一把推開窗戶，衝動地跳進了鐵皮屋子裏。

「爺爺，放了他們，有本事衝我來！」小笨貓惱怒大喊。

「父子倆全都一樣……」老沐茲恪怒氣衝衝地回答。

他將輪椅移動到小笨貓面前，座椅自動調高，直到完全居高臨下。

「説過多少次，你沒聽見嗎？不許玩機械人！不許搗蛋！不許惡作劇！你瞞着我做了多少這種事？！」

「沐爺爺，沐恩他只是……」喬拉跳進窗戶，囁嚅着説。

「只是什麼？」老沐茲恪大叫，渾身都在發抖，「和他爸當年一樣，不安守本分，非要去冒險，最後送了命！」他轉頭看向小笨貓，「早知有今天，我當年就不應該收留你！」

「不收留就不收留！」小笨貓瞪着老沐茲恪，脖子發紅，像一隻憤怒的小公雞，「你以為我就那麼想和你住在一起？爸爸當年離開家，多半也是因為你的臭脾氣！」

「不識好歹的臭小子！如果不是樂儷——那個愛慕虛榮的女人——拋棄你，我才不會管你。」老沐茲恪氣得滿

臉通紅，鼻孔裏噴着粗氣。

「不准這麼説我媽媽！」小笨貓忽然使出渾身的力氣大吼。

老沐茲恪舉起拐杖，想要教訓小笨貓，卻對上了一雙通紅的眼睛——裏面不僅嚛着傷心的淚水，還有炙熱的火焰。

霎時間，房間裏一片寂靜。馬達、彭嗙和喬拉愣愣地看着如鬥牛般的爺孫倆，大氣都不敢出。

老沐茲恪臉色發白，抬高的拐杖在半空中默默地顫抖着。片刻後，他下定決心，從輪椅扶手翻蓋下拿出一塊晶片。

「小牛四號的晶片！」小笨貓吃驚地大叫。

老沐茲恪凝視着小笨貓驚慌的臉，語氣冰冷地説：「很好，翅膀硬了。想當機甲駕駛員對嗎？那就從一堆廢鐵開始操練起吧！」

「不！」在男孩兒們驚恐的尖叫聲中，老沐茲恪將晶片摔在了地上，然後將手裏的鐵拐杖重重地戳向了它。

「別碰我的晶片！」小笨貓再也按捺不住，飛身撲了過去。但為時已晚，氣急敗壞的老沐茲恪將鐵拐杖重重地戳在了晶片上，又狠狠地碾了幾下。

斷裂聲響起，細小的聲音在小小軍團的每個人耳裏聽來都如響雷一般。空氣彷彿凝固住了。小小軍團的男孩兒

們面如死灰，痛苦地倒抽着氣。

「這下子總可以徹底死心了吧！」老沐茲恪喘着粗氣低吼。

小笨貓怔怔地走上前，撿起破碎的晶片，緊緊攥在手心裏。沉默許久之後，他突然抬頭，淚眼模糊地瞪着老沐茲恪。

「你⋯⋯根本不配做我的爺爺！」小笨貓說完，怒不可遏地衝出鐵皮屋子，頭也不回地朝垃圾回收站外跑去。

沒跑出多遠，一個廢舊的金屬罐擋在了他的面前，小笨貓一腳踢飛它。金屬罐在半空中劃出一道弧線，從裏面意外地落下一枚小鐵片。

小笨貓擦乾眼淚，困惑地彎腰撿起小鐵片，發現它居然是自己的爆炸貓徽章！月光下，徽章沾滿了泥水，暗淡無光，一如他此刻的心情。

就在這時，氣球人從一個鐵架子後面走了出來，電子眼閃爍着綠光。「電量不足20%，需要尋找充電樁。」小笨貓雙眼泛紅地看了一眼自言自語的氣球人，沒有搭理它。

「永別了！」他朝古物天閣的方向瞪了一眼，「哼！我再也不會回來了！」

暴雨不期而至，再一次將廢鐵鎮罩在雨幕裏。

漆黑寂寥的小鎮裏，小笨貓彷彿一具行屍走肉，默

不作聲地往前走着，他感覺大腦和身心都被怒氣塞得滿滿的，就像一個氣球人。雷聲轟鳴，小笨貓沿着泥濘的破舊街道，一直走到鎮口的脊嶺車站時，才默默地停下步伐，然後失魂落魄地蹲在一條泥濘的小巷中。

末班車早就開走了，雷雨漸漸變小。

一直尾隨在後的氣球人慢慢走到小笨貓身邊，悄無聲息地看着他。

小鎮一扇亮着燈的窗戶裏，傳來一個女人的訓斥聲：「説過多少遍，洗完澡趕緊寫作業！」

「知道了，媽，別嘮叨了……」一個男孩兒懶洋洋地回答。嘈雜聲過後，窗縫中傳來銀翼聯盟宣傳片主題曲《荒野中的機甲》的聲音。

小笨貓將頭扭到一邊，眼淚不受控制地流了下來。他不明白自己究竟做錯了什麼，生活遠比同齡的孩子辛苦。不但從小沒有父母的關愛，還被爺爺責怪約束。

這個彷彿沒有盡頭的雨夜，他連去的地方都沒有，他已經無家可歸了。

小笨貓感覺手腕振動了一下，緊接着智能手環響起了喬拉發來的語音留言：「貓哥，彭嗙累得不行了，馬達嚇傻了，我先送他們回去。你爺爺氣瘋啦……想想以後怎麼辦吧。小牛的事……明天見面再聊。」

小笨貓心裏沉甸甸的，閉着眼睛歎了口氣。

一團軟軟的東西突然在他的臉上碰了一下，把他嚇了一跳。

「你哭了。男兒有淚不輕彈。」氣球人站在一旁自言自語。

「這是雨水。」小笨貓倔強地説，用衣袖抹了把臉。

「液體成分分析：弱酸性，含有少量無機鹽、蛋白質、溶菌酶、免疫球蛋白A……這不是雨水。」氣球人不識時務地分析。

「只不過傷心的時候，恰好下雨了！」小笨貓難過地説。

「心臟受傷，啟動急救程序——召喚救護車。」氣球人的頭頂上亮起了兩行投影文字：

> 120——撥打中——
> 需支付 600 星幣，是 / 否？

「別打！」小笨貓驚呼着阻止氣球人，整理了一下思路之後，慢慢地説，「……我心裏很難受，小牛的晶片被爺爺毀了。另外，我不知道接下來該怎麼辦。」

氣球人一本正經地説：「搜索與你相關聯的戶籍信息，你可以去表叔沐家駿家，約123公里。雨中步行過去的話，約需34.19小時……」

小笨貓哭笑不得地瞟了氣球人一眼：「你是認真的嗎？我可不喜歡他們家。我想去新京海市找我媽媽，可惜沒有旅費……」

「前往新京海市經濟型路線規劃中……」氣球人補充道，「路上可以打工。」

小笨貓眼睛一亮，但隨即又像轉瞬即逝的煙火一樣暗淡下去了。

「可是，我沒有媽媽的聯繫方式，只知道她在新京海市工作。」小笨貓仰天長歎了一口氣，抓了抓被雨水淋濕的頭

髮，繼續向前走去，「算了，還是先回稻草堆農場倉庫，過了今晚再説吧。」

趁電子守衛不注意，小笨貓摸着黑翻過圍牆，悄悄地回到了舊倉庫，鬆了一口氣之後，輕輕地關上了門。

他按照習慣，踮起腳尖打開倉庫門後的智能中控，黑暗中響起一個女性人工智能的聲音：「抱歉地通知您，由於逾期未交納電費，目前您賬戶下所有雲端設備即將被斷電，是否啟……用……應……急……滴……嗚……」聲音漸漸變得含混不清，最後智能中控自動關閉了。

小笨貓鬱悶地歎了口氣。他打開智能手環想要借點兒光亮——手環竟然不知道什麼時候壞掉了，沒有任何反應。

「倒霉的時候，連喝涼水都塞牙。」他無奈地將智能手環扔到一邊，摸黑走到了小牛四號旁，抱着最後一絲僥倖心理，輕輕摁下了機械人的啟動鍵……幾秒鐘過去了，黑暗中除了雨滴從破屋頂漏下的聲音外，沒有任何驚喜。

「喵嗚！即將關機，馬上充電！」

「喵嗚——沒電了！沒電了！」角落裏的兩隻機械貓咪，也從貓舍中突然啟動，不識趣地搖擺個不停。

氣球人像故意湊熱鬧似的，走到白蛋旁邊，大聲叫嚷：「電量低於20%，請及時充電！電量低於19.8%，請及時充電。」

「我知道了⋯⋯但我沒有錢買無線充電卡。」小笨貓悻悻地説着，渾身無力地倒頭躺在冰冷潮濕的草垛上。他望着黑漆漆的天花板：「太可笑了，三天前還以為能成為像火焰菲克那樣的英雄，現在⋯⋯連小牛四號都修不好，而且無家可歸，就連電費也⋯⋯」

小笨貓覺得沮喪極了，不甘和懊惱的感覺如火焰在他心中燃燒。不知不覺，小笨貓在屋頂的滴水聲中睡着了。他做了一個又一個遙遠的夢。

在夢裏，他修好了小牛四號，順利參加了銀翼聯盟星洲賽區的挑戰賽，徹底擊敗了野原輝一夥。老沐茲恪想與他和好，但為時已晚，他毫不遲疑地購買了去新京海市的飛艇票。在抵達的空港，他終於見到了素未謀面的媽媽⋯⋯但好夢從來不長⋯⋯

砰砰砰⋯⋯一陣敲門聲突然響了起來。

小笨貓掙扎着，捨不得睜開眼睛。因為一旦醒過來，他又要去面對和夢境相反的現實了。

「小笨貓！你在不在裏面？」牛奶奶在倉庫的門外大喊，「我要進來了！」

小笨貓這才翻身躲到倉庫後堆着的一大堆海洋垃圾裏面。一聲悶響過後，牛奶奶凶巴巴地破門而入，小狗嘿嘿在她腳邊齜牙咧嘴。

「你躲起來也沒用！」牛奶奶氣哼哼地叉着腰説，

「到底什麼時候交電費和房租？再給你一天時間，趕緊回去和你爺爺道歉，不然就把這些破爛玩意兒從我的倉庫里搬走！」

牛奶奶帶着嘿嘿轉身離開了。

小笨貓直到聽不見牛奶奶的叫嚷聲，才從垃圾堆裏面鑽了出來，有氣無力地哀歎：「只給一天時間……看來，這裏也沒辦法待了。」

雨下了一整夜，已經停了。倉庫裏的光線灰濛濛的。

他環視了一圈。被毀了電子晶片的小牛四號、電力耗盡的機械貓咪——它們都曾是自己心中閃閃發亮的寶貝，此刻卻成了一堆蒙塵的廢鐵和擺設。氣球人悠閒地走出來，看了一眼無精打采的小笨貓，然後走到白蛋旁盤腿坐了下來，髒兮兮的皮膚上，風濕止痛膠布卷起了毛邊，頭頂上旋轉着綠色的投影文字：

> 🚗 **啟動備用節能電池。冥想中——**

小笨貓在它的面前蹲下，用手指戳了戳它軟綿綿的臉。「趁你還有電，趕緊去找你的主人吧……我沒錢了，罩不住你。」

「我們簽訂了『臨時看護協議』，如非不可抗力因素，請支付違約金共計24360星幣。」氣球人説着，伸手

指向旁邊的一塊破帆布，「罩住我，那塊布就可以。」

「我說的『罩住』，是指支付你每天的電費。」小笨貓惱羞成怒地說，「我有錢付違約金？別做夢了！就算我有錢也不可能給你。聽着，我要帶着小牛四號離開廢鐵鎮了，你去找別人吧。」

「你的行為分析為：破產、躲債、避難。」氣球人說。

小笨貓無法辯駁，低聲說：「總之……再見了。」

他站起身，開啟小牛四號的助力系統，悄悄將小牛四號牽引到草坪中。接着，他從舊倉庫後找來一台被牛奶奶棄用的老式拖車，將小牛四號和兩隻機械貓咪一齊裝了上去。最後他寫了張留言字條，貼在舊倉庫中央最顯眼的鐵架子上。

> 小小軍團的兄弟們：
>
> 　　我走了，去一個遙遠的地方。我會負起修好小牛四號的責任。找到落腳點後，我會再與你們聯繫。修復小牛，參加挑戰賽，計劃一切照舊，捐款賬號為……你們懂的。
>
> 　　另外，牛奶奶的老式拖車被我借用了。請幫我轉告她：抱歉！牛奶奶，等我掙到錢，房租和電費會儘快交給您。
>
> 　　　　　　　　　　　　　　　　沐恩

　　一切準備就緒後，小笨貓跳上了拖車的駕駛座。從後視鏡中，他看到氣球人站在倉庫門口，正呆萌地目送自己。

　　「白雲衞士，再見。」小笨貓沮喪地揮了揮手。

　　雨後清晨蒼白的光線中，小笨貓駕駛老式拖車，噴出一溜長長的黑色尾氣，晃晃蕩蕩地駛離了稻草堆農場。拖車時不時被路上的石塊和草垛卡住，正如小笨貓糾結的思緒。他還沒想好離開廢鐵鎮後去哪裏比較好。

　　海風刮起漫天微塵，在環線公路上空飄蕩。小笨貓沿着廢鐵鎮的邊界慢吞吞地行駛了10公里。毫無意外，沒有人追上來送行。他終於下定決心，來一次說走就走的旅行，往星洲首府岩石城的方向去，能走多遠就走多遠。

可當小笨貓來到了廢鐵鎮的邊境線時，意外發現自己的身份信息居然被鎖定了！而且還有老沐茲恪發出的通知：該未成年人離家出走，發現請聯繫……

別說去遙遠的地方，他連本市的邊境電子哨卡都無法通過，強行通過就會引發警報，最多也就能去附近的幾個鎮子而已。

小笨貓鬱悶極了，感覺「老沐茲恪」這幾個字就像黑漆漆的天空，遮蔽了他的整個人生。他只好另尋他路，駕駛拖車翻過一片荒嶺，意圖繞過哨卡。結果半路上破舊的老式拖車就顯示電量耗盡了，劇烈抖動幾下之後，徹底喪失了動力，趴在了路邊。

「奇怪了，出發前儲備電量不是還有一小半嗎？」

小笨貓只得跳下車，打開機箱蓋，逐一排除電源系統故障。一段時間後，他覺得口乾舌燥，肚子也咕咕作響。

「小鬼，這堆垃圾你賣嗎？」一輛老式「威途」牌皮卡車急停在道路邊，一個戴草帽的絡腮鬍大叔從車窗裏探出頭，用下巴指了指拖車上的小牛四號。

小笨貓看了小牛四號一眼，他從昨天下午開始，就一直沒有吃東西……但最終，小笨貓堅定地搖了搖頭。

「不了，大叔，這傢伙是我的朋友。」

「固執的小鬼。」絡腮鬍大叔點點頭，然後開車離開了。

　　小笨貓聳了聳肩。畢竟修理好小牛四號，打入銀翼聯盟星洲賽區前三名，是他和伙伴們的約定。只是眼下的情況實在不妙：和老沐茲恪徹底鬧翻後，他實際上破產了，交不起舊倉庫的房租和電費，也不知道未來該如何生存，現在拖車還拋錨了。

　　「必須先找個地方躲起來，」小笨貓稍稍振作精神，還好智能手環不知怎的又恢復工作了，他放大了上面的導航地圖，「否則被附近的巡警發現，又要盤問一大堆問題，還不知道會惹出什麼新麻煩。」

　　目前他正位於雷鳴海灣附近的幽澗峽谷，距離不太遠的地方，有一個地方標注着「爛車營地」，或許可以臨時落腳。

　　小笨貓抬頭望瞭望天空，一大團烏雲正在匯聚。他趕緊打開小牛四號的動力輔助系統，趁暴雨將落未落之際，拉着拖車繼續前行。幸好通往爛車營地的公路是一段舒緩的下坡，將近四十分鐘後，小笨貓終於遠遠地看到了一片海沙堆積的荒草灘。

　　記得幾年前，這裏曾是一個報廢車輛的停放場。

　　陰沉的光線中，數百個被海風侵蝕的破鐵皮車廂，橫七豎八地堆積着。距離車廂不遠處，一架十米多高的太陽能風車仍在海風中緩緩轉動着。幾台布滿鐵銹和沙塵的重型吊車歪倒在一旁，看起來就像擱淺在荒地上的巨型沙丁

魚。

「有人在嗎？」小笨貓大聲問。

但回應他的，只有在風中猛烈晃動的殘破車門和幾片迎風招展的破布簾。好在這一切，正合小笨貓的心意。

小笨貓小心翼翼地在爛車營地裏繞了個圈。

他最後將宿營地選擇在一個位置相對隱蔽，視野卻很開闊的岩石邊。那裏剛好有一個空蕩蕩的小山洞。

小笨貓借助小牛的助力系統，再次費了老大工夫，才勉強將拖車拉進山洞裏。

時間臨近下午，山洞外的荒草灘上陰雲密布。

光線陰暗得彷彿被黑夜吞沒了一般。

沒過多久，又一場暴雨傾盆而下，雨水彷彿想要將這個破舊的世界敲碎，重重地砸在荒地上和鐵皮車廂的頂棚上，奏出嘭嘭咚咚的交響樂。

海風呼嘯，小笨貓趕緊關閉後備廂，躲進老式拖車的駕駛室。緊接着狂風便裹挾着暴雨刮進山洞，車窗霎時間模糊一片。雨水很快便浸濕了駕駛室內大部分頂棚和地面。小笨貓感到慶幸，還好將拖車拉進了山洞。如果駐紮在荒草灘上，難以想像現在會是怎樣的光景。

過了一會兒，暴雨稍微小了點兒。小笨貓從濕漉漉的拖車後備廂中找出幾罐麥片。他正想着怎麼煮來吃的時候，智能手環突然在他的口袋裏發出聲響。

「一羣不講義氣的傢伙，現在才聯繫我！」小笨貓摁下接聽鍵，正想往外傾倒一肚子的苦水，但意外的是，像肥皂泡一般從手環裏擠出來的，竟是野原輝的全息影像。

「……是你。」小笨貓心情複雜地歎了口氣。

他萬萬沒想到，這樣的窘迫時刻，第一個和他聯絡上的人，居然是死對頭野原輝！

野原輝凶巴巴地皺着眉，然而當他打量了一下小笨貓所處的環境後，露出輕蔑的笑：「怎麼，難道你小子想開溜？」

「是又怎樣？」小笨貓索性破罐子破摔。

「一直逃避和我較量！」野原輝一臉陰鬱，大聲斥責道，「只會耍小聰明！」

小笨貓不以為然地回答：「隨你怎麼說，我現在的問題是沒錢。」

「那好，我給你充點兒值，你馬上把VR頭盔充電上線！老地方不見不散！」野原輝不等小笨貓回答，便風風火火地關閉了通信器，半透明的全息頭像如同炸裂的氣泡般消失了。

小笨貓撇了撇嘴：「我根本沒把VR頭盔帶出來。不過，野原輝那小子真的會幫我充值？」

借着暗淡的光線環顧四周，小笨貓激活了手環的導航圖，意外發現營地不遠處就有一個破舊的無線充電樁。小

笨貓從駕駛室裏翻出一件雨披，冒雨走了過去，遠遠地將智能手環對準無線充電椿，輸入了自己的賬號和密碼，虛擬屏中出現的賬戶信息裏，果然多了200星幣！

他正想要不要聯繫野原輝，口袋裏的爆炸貓徽章此時卻不合時宜地掉落下來，滾到一邊的草叢後，消失不見了。小笨貓走過去，遍尋不着，不由得迷茫地抓了抓頭。

「奇怪……最近徽章好像經常弄丟，難道是電磁扣壞了？算了，先給拖車充好電，再泡碗麥片，把肚子填飽再說。」小笨貓自言自語。

沒過多久，狹窄的車廂內亮起了微弱的燈光。各種應急設備指示燈被點亮，車廂內忽明忽暗。

小笨貓泡了滿滿一大碗麥片充饑。將一切安排妥當後，他感覺筋疲力盡了，於是便在後備廂裏找了處乾燥地方，和衣躺了下來。

第 1 幕 結束

小牛四號 機密結構圖

精密結構

- 重量/0.98噸
- 模式/保姆載具模式（1.6米）
- 保姆士模式（3.2米）

星洲大陸外觀專利第3855918號。
*小小軍團機密資料，僅供內部流通。
*最終解釋權歸團長沐恩所有！

操控台外殼

每一塊都是
沐恩親手裝
上去的！

冷凝排氣管

結構

保姆衞士模式

四聲道音響

②

③

肩甲板

燃料電池倉

複合掃描眼

④

聚酯護臂

夾鉗式機械手

①

仰視角度　側面角度　俯視角度

外殼很容易脫落，這時
就得用上強力膠帶了。

① 東拼西湊的機械z

小牛的本體早已經起
使用年限，除了軀
外，四肢等許多地方
是拿農用機械人的廢
零件拼湊的。

小牛四號機密結構圖

能量系統

嗨喲！

蓄電池組

因為是在二手市場買的便宜貨，蓄電池的續航能力比較差，全部充滿也只能維持10小時左右！

插上就自動算星幣。

無線充電基座

採用第二代遠程無線電力傳輸技術的通用充電基座，這東西在星洲到處可以見到。

電池需要沐恩手動插入小牛四號背後的電池倉中。挺重的，每塊有5公斤。

機體遙控手柄

水冷機與散熱片

主機

小牛智能晶片

初代的智能晶片，小牛四號的「大腦」，是沐恩最寶貝的東西，可惜破損很嚴重了。

晶片插口

小牛四號系統檢測界面

登錄排序	登錄時間	紀錄次數	修改次數	操作
發動機性能 **良好**				
電能動力數據 **98%**				
智能晶片系統 **磁片損壞**				
01	14:02	01	02	編輯
02	9:30	02	12	編輯
03	9:47	03		編輯
04	10:05	04	07	編輯
05	17:12	05		編輯

主機顯示面板

在小牛進行系統檢測、加裝軟件與驅動程序升級時都會用到。一般指令可以用手柄控制。另外，小牛的電源開關就在面板的背面。

主機顯示面板

顯示面板在頭部下方，打開時像是小牛在吐舌頭，這是沐恩最得意的設計。

② 複合掃描電子眼

小牛四號的大眼睛能發光，裝備有紅外、激光、超聲波等多重探測裝置！就是辨識不清稍遠一點兒的運動物體。

③ 經典動力系統

採用「極光渦輪Ms」經典動力系統，雖說是超導電動機，但由於線圈老化，所以輸出功率不高，也就比一頭牛高一點兒。

④ 控制中心主機

控制小牛行動的核心組件，為了保證正常運行，沐恩拆掉了喬拉的學習機主板、彭嚇家的空調電源，還有老沐茲恪輪椅的內存條。至少現在還能用。

21

阿嚏！

張牙舞爪

蠕動

夜訪月光街

　　在小笨貓半夢半醒的時候，車廂裏突然響起一陣狂躁的聲音。他迷迷糊糊地睜開眼睛，發現設定為預警模式的機械貓二寶正在瘋狂地撞擊車廂。魯俊也一反常態地蜷縮在後排座位的角落，不明所以地盯着二寶。

　　「二寶，怎麼了？」小笨貓疑惑地翻過身去，拍打它的頭，希望它能安靜下來。二寶卻猛地揮動金屬貓爪，將小笨貓的手背撓出幾道血痕。

「可惡，剛才的顛簸讓程序錯亂了嗎？」小笨貓鬱悶地自言自語。

二寶發出刺耳的咔嗒聲，就在它準備再次撲向小笨貓時，窗外突然顯現出一道黑影，緊接着，車門被用力拉開了！

肆虐的風瞬間湧進車內。二寶朝着黑影撲了過去，下一秒，它卻被反彈了回來，重重地摔倒在車廂內的地板上。

「二寶！」小笨貓吃驚地彎腰檢查機械貓咪，發現它已經自動關機。這時，幾隻指甲蓋大小的黑金甲蟲忽然從機械貓咪的嘴巴裏爬出來，並且如黑色流水般，湧向後備廂通往駕駛室的一道裂縫中，消失不見了。

小笨貓剛想要看仔細，車廂門外的黑影卻在此時擠進了車廂。

——居然是氣球人！

氣球人劇烈地抖動了幾下白胖的身體，身上的雨水有一半灑在了小笨貓的臉上，它頭頂環繞的投影文字寫着：

> 🚗 **散步中。**

「白雲衛士，你怎麼跟來了？」小笨貓驚訝地看着站在他面前的氣球人，「萬一你沒電，壞在了半路上，路過的人可能把你當垃圾賣掉。」

23

「鴻鵠防禦盾XP不是垃圾。」氣球人淡然地說，「『臨時看護協議』約定，監護人不能遺棄機械人，否則就是違約。」

「我做不了你的監護人，我的年齡不夠。」小笨貓煩躁地嘟囔，「而且自從遇到你，我就一直霉運不斷……總之，你快走吧。我想一個人待一會兒。」

「我們一起走。」氣球人沉默了幾秒，明確地說。

「走？和你一起？去哪裏？」小笨貓三連問。

「我們去海底的月光街買細胞修復液。」氣球人說。

「我可沒錢。」小笨貓洩氣極了，「你自己去就行了。我沒聽說過月光街，更不知道什麼修復液。」

氣球人頭頂的影像文字變成了「科普」：

> 🤖 月光街，著名的海底人工智能貿易集市。作為世界排名第一的移動貿易港，集合了超凡人類、智能人以及機械混種人最具想像力的科技產品。那裏是全球稀缺材料的集散地，還擁有修復晶片的頂級名家和店鋪。

氣球人將投影文字中的最後一句轉為螢光色顯示。

「你的意思是……在月光街可以修復小牛四號的晶片？」小笨貓死灰般的心裏躍起一點兒火星。

「確實如此。」氣球人投影出一份資料，裏面列舉了十多家形式各異的店鋪和眼花繚亂的晶片修復手段。

「可是，我只有150……不，90星幣。」小笨貓看了一眼智能手環，不太自信地對氣球人説，「這些錢夠嗎？」

「月光街的通用貨幣是水晶幣。」氣球人掃描了一眼投影資料，繼續補充説明道，「我們可以申請人工智能普惠計劃……」

「什麼意思？」小笨貓在氣球人的指點下，好奇地閱讀起投影資料來，「不是誘騙無知小孩的把戲吧？」

氣球人播放了一段視頻，一個頭戴綠假髮的滑稽小丑影像出現在了小笨貓眼前。

「可憐的孩子，你的人生陷入困境了，對嗎？來超凡的海底世界吧，我們無懈可擊的技術能使你擺脱厄運和災難，獲得內心的平靜以及永久的生命……」

「他是誰？看起來不像是好人。」小笨貓有些狐疑地問。

「確實。」氣球人慢悠悠地説，「他是綠礬爵士，一個地下金融家。」

「……給貧窮的**月光族**①以希望，辦理月光信用卡，

---

①**月光族**：指每月都將自己賺的錢花光，無法儲蓄的人。

解燃眉之急……」綠礬爵士的虛擬影像，仍在滔滔不絕地介紹着自己的金融項目。

「白雲衞士……你不會是邪惡智械吧？」小笨貓警覺地睜大眼睛。

「再次説明，鴻鵠防禦盾XP是軟體鎧甲。以上資料破解於葛醫生的文件櫃。」氣球人鎮定自若地説，「一起去月光街冒險，購買細胞修復液，修復晶片吧。」

小笨貓皺眉辨認着投影文字，腦子裏繞來繞去，有點兒發暈了。

氣球人來歷不明，它説的話可信嗎？

「月光族我肯定是，月光信用卡要怎麼辦理呢？」小笨貓猶豫了一下，遲疑地問。

「月光街只有會員才能登陸。入會後，即可領取與會員等級相應的月光信用卡。」氣球人一本正經地回答，「我的主人破解了一份月光街黑晶會員的身份資料，擁有兩個會員推薦名額。」

「那……等等。」小笨貓按捺住忐忑的心情，好奇地問，「你為什麼不自己去，非要叫上我？」

「節能模式中無法進行防禦和攻擊，需要看護人的幫助和保護。」氣球人説。

「原來是有求於我。」小笨貓壞笑着揚起了眉毛，「好説。至於保護費，就用你主人推薦我為會員的人情抵

消吧！對了，月光街到底在哪兒？到了那裏，我可要先填飽肚子！」

「需要在電量超過50%或充電模式下，才能下載導航地圖。」氣球人回答。

「弄了半天，你是千里迢迢來找我充電的。」小笨貓看看智能手環上顯示的餘額，「還剩下一點兒電，都給你吧。」

氣球人按照小笨貓的指示，走到充電樁邊坐下，頭頂上慢悠悠地旋轉着一行全息文字：

> **正在充電中，同步下載月光街地圖**

小笨貓回到拖車駕駛室裏，長吁了一口氣。那幾隻從二寶嘴裏爬出的黑金甲蟲，令他有些心緒不寧。

此時，在那扇玻璃窗外，暴雨漸漸地變小了。被雨水沖刷過的爛車營地裏，由廢棄的車輛組成的一堆堆垃圾，死氣沉沉地趴在陰沉中。

在一道小笨貓無法察覺的裂縫之中，十幾隻黑金甲蟲正在漸漸匯集，逐漸變形成一隻半個手掌大小的黑色機械蠍子。它發出金屬碰撞的咔嗒細響，搖晃着機械尾巴探頭朝裂縫外張望。

機械蠍子的目光直接掠過了小笨貓和機械貓咪，鎖定

在氣球人的身上，紅色電子機械眼所投影的數據面板上，
跳出一行鮮紅刺目的文字指令：

⚠ 鎖定嫌疑目標，執行抓捕指令。

機械蠍子從裂縫中爬出，沿着車廂底座爬到地面上，
左右張望。

最後，它離開山洞，來到荒草灘的風車下，選擇了
體積最大的一輛黃色重型吊車。它發出一陣興奮的咔嗒聲
後，毫不費力地擊穿車廂底板，鑽進了舊吊車的駕駛室。

駕駛室內，帆布座椅和鋼架操作台早已經被風沙侵蝕
得破敗不堪。機械蠍子快速掃描了沾滿泥土的儀錶盤，接
着它將鋒利的蠍尾高高豎起，用力刺入了控制面板。深沉
的黑暗中，舊吊車的巨大機械臂發出一聲悶響，猶如死而
復生的巨獸，開始緩緩地轉動起來。一個足有半人高的鋒
利鐵鈎在半空中搖搖晃晃，閃爍着寒光。

與此同時，小笨貓從拖車後備廂裏跳了下來。他在氣
球人的幫助下，將充好電的電池裝進能量凹槽，然後一起
鑽進了狹窄的駕駛室。

幾秒後，拖車成功發動了。

「月光街導航地圖下載完畢，從當前地址駕車出發預

計1小時53分鐘可到達。」氣球人不急不緩地播報。它佔據了大半個駕駛室，將小笨貓擠得緊緊貼在車門上。

「白雲衞士，你確定月光街在雷鳴海灣嗎？」小笨貓納悶地問，一邊打開了雨刮器，「我在廢鐵鎮長大，可從來沒有聽說過那裏還有一個隱藏的海底街市。」

小笨貓正說着，眉頭突然緊緊地皺了起來。他盯着前方被微黃車燈照亮的吊車機械臂，心裏一陣發慌。「我眼花了嗎？剛才我好像看見那東西在動。」

「警戒！」氣球人的綠色電子眼瞬間變成了紅色，「偵測到危險，啟動高級防衞模式。」

「什麼？又要高級防衞？！」小笨貓驚叫，就在雨刮器刮下殘餘雨水的瞬間，一個模糊的龐然巨物撕開雨幕，急速地朝拖車的擋風玻璃襲來！

「臥倒！」氣球人大喊。小笨貓下意識地彎下腰。他感到一陣疾風貼着後腦勺刮過，緊接着便是一聲驚天巨響，整輛拖車都在劇烈搖晃。

小笨貓在一大團嗆人的煙塵中抬起頭，發現自己剛才被氣球人護在了像安全氣囊般的手臂下。令他倒吸一口涼氣的是，舊拖車的車頂竟然被削去了，拖車變成了一輛「敞篷車」。而那塊「車頂」被吊車機械臂上的大金屬鈎牢牢鈎住，正在不遠處搖搖晃晃。

「怎麼回事？這些吊車不是都報廢了嗎？」小笨貓的

心裏升起極為不祥的預感。就在這時，吊車的機械臂像活了似的，再一次甩動吊鉤朝他們的頭頂襲來——

「快跑！」小笨貓大叫着推開身旁的氣球人，跳下了拖車。這一次，吊車的大鐵鉤不偏不倚地撞在了駕駛室的正中央，將座椅砸得粉碎。

小笨貓驚魂未定地坐在地上大口喘着粗氣。如果剛才他和氣球人的反應慢半秒，後果不堪設想！

吊車的攻擊並沒有就此停下來。它繼續搖動機械臂，令笨重的鐵鉤在半空中如鐘擺般甩動。這一次，它攻擊的目標似乎鎖定了氣球人！

氣球人靈巧地滾動着，一次次有驚無險地躲開了吊鉤的攻擊，然而爛車營地中的破舊車輛就沒有這麼幸運了。

它們在巨大的轟響聲中紛紛被大鐵鉤砸中，變成了鐵屑和碎片。

「白雲衞士，千萬別讓鐵鉤砸中了我的小牛四號！」小笨貓抓着亂糟糟的頭髮，手足無措地大叫，恨不得能撲上去阻止亂晃的鐵鉤。

「搜索到信號來源。」氣球人躲避着鐵鉤的同時，紅色電子眼射出一道光線，指向了大吊車的控制室。

「明白！白雲衞士，堅持住！」小笨貓回過神，咬緊牙扭頭跑向廢舊的大吊車。他手腳並用地爬上駕駛室，用

力推開車門。

濃厚的煙塵中，讓小笨貓極為震驚的一幕出現了：

吊車控制台上，一隻渾身漆黑的機械蠍子，尾巴刺入了能量凹槽中，暗紅色的光源源不斷地從它的身體內部輸進吊車的動力系統裏！

「這是什麼東西……」小笨貓以為自己眼花，但他來不及細想，因為大鐵鈎的攻擊越來越猛烈了。小牛四號和氣球人都岌岌可危，爛車營地裏充斥着鋼鐵碎裂的巨響。

小笨貓心急火燎地伸手去抓機械蠍子，想將它從控制台上拔下來。可他的指尖剛觸碰到這只機械爬蟲，就像抓住了一塊燒紅的烙鐵一樣，無比疼痛！小笨貓慘叫着抽回了手。

在心急如焚之際，他突然瞟見駕駛室的角落裏有一個髒兮兮的桶，桶上標注着「強酸清潔劑」，裏面還殘餘着少許液體。小笨貓二話不說，抓過髒桶便朝機械蠍子潑了過去！

刺刺刺——咔嗒咔嗒！

伴隨着一股濃烈的焦味，機械蠍子從控制台上掉落下來，發出電子元件斷裂的聲音和令人心顫的尖銳叫聲！

它在液體中激烈地掙扎，金屬身體不停地變成各種形態。小笨貓居然在這些形態中辨認出了CE-6和PB-3巡邏

機械人的影子。最令他感到驚恐的是，機械蠍子最後竟然
變成了他的爆炸貓徽章！

「怎麼回事……蠍子居然變成了我的徽章？」小笨
貓感到頭皮發麻。他小心地撿起徽章，跳下了吊車的駕駛
室。

此時，爛車營地裏終於安靜下來。舊吊車和其他廢棄
車輛一樣，毫無生氣地停在那裏，只有機械臂下的大鐵鈎
意猶未盡地晃動着，漸漸地在黑暗中停下來。

氣球人滾得滿身都是黑漆漆的泥水，活像一個巨大的
皮蛋。它走到小笨貓身邊，掃描了一下他掌心中那枚詭異
的徽章。

「掃描完成。這是非地球智能機械生物，害怕酸性
物質，其他相關信息無法解密。」氣球人喃喃地説着，從
地上找了一個空玻璃瓶遞給小笨貓，「建議裝瓶，以防它

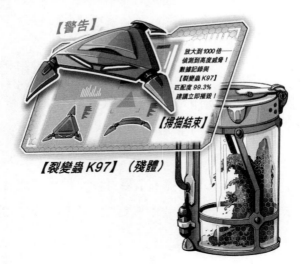

【警告】

放大到1000倍──
偵測到高度威脅！
數據記錄與
【裂變蟲K97】
匹配度99.3%
建議立即摧毀！

【掃描結束】

【裂變蟲K97】（殘體）

逃跑。」

小笨貓驚魂未定地點點頭，趕緊將徽章扔進玻璃瓶裏，並封住瓶口。當徽章**哐**啷一聲掉落在瓶底時，它突然融化分裂成一隻隻黑金甲蟲，在玻璃瓶裏到處亂爬，看上去就像一股有生命的黑色水流在瓶子裏湧動。小笨貓感到汗毛直豎，這正是不久前從機械貓二寶的嘴裏爬出來的詭異黑金甲蟲！

「難道最近一連串的倒霉事都和它有關係？」小笨貓一齜牙，抬手便要將玻璃瓶扔得遠遠的。

「高危物品，請不要隨意丟棄。」氣球人攔住了小笨貓。

「不能扔掉，難道——」小笨貓突然靈光一閃，好奇地詢問，「月光街既然是自由貿易區，這些金屬怪蟲可以被交易嗎？」

「也許有人願意收購，但是——」氣球人喃喃地説。

「只要有可能，就值得一試！」小笨貓的壞心情突然好轉了一點兒，他心有餘悸地望着玻璃瓶中的黑金甲蟲，「再説，如果這玩意兒有害，最好能盡快處理掉，不然扔到哪裏都是禍害。」

氣球人綠色的電子眼幽幽地閃爍着。它和小笨貓跳上了沒有頂棚的拖車，左右檢查了一下後，勉強駕駛拖車離開了爛車營地，一路朝東駛去。拖車像快要散架一般，

晃晃蕩蕩地噴着黑煙。他們沿着廢鐵鎮外的雷鳴海灣環山公路開了很長一段路，然後按照導航的指示，拐進一條狹窄潮濕的小彎道裏，最後來到了一座陡峭的山崖下。

此時，天地剛被雨水沖刷了一遍，空氣清新，讓人心曠神怡。海浪聲從遠處傳來，時快時慢，忽大忽小。小笨貓此時又渴又餓，再加上疲勞和緊張，已經説不出一句話來。

他和氣球人下了拖車，氣球人帶他開始往山崖上攀爬。

小笨貓一路跟隨氣球人，他的腿如鐵塊般沉重，不時被樹根和石塊絆到。就在他快要堅持不住的時候，一縷縷銀白色的光芒穿過前方密密麻麻的樹木和藤蔓，灑在了他的臉上。

「距登陸點還有127米。」氣球人説着，繼續朝前走去。

周圍的荊棘和樹枝在它的身體上劃下一道道綠色痕跡，但很快就消失了。

當小笨貓終於鑽出密林，到達山崖頂峯的時候，眼前的一切變得豁然開朗起來。熒白色的月光，正緩緩地沒入蒸騰的雲海之中，天空、雲海、附近的山崖，甚至小笨貓和氣球人，全都被染成了冰藍色。

晚風拂面，髮絲飄動，小笨貓陶醉於眼前的景色和海

浪聲中，忘記了時間與饑渴。

「到達登陸點。」氣球人說。

「到了？在這裏？」小笨貓這才回過神來。他左顧右盼，周圍全都是懸崖峭壁，完全不像有街市的樣子。氣球人沒有回應，默默從右肩袋裏取出一個頭環，給小笨貓佩戴好。

「這是什麼？」小笨貓惴惴不安地問。

「智能頭環，已設定好月光街新人身份密鑰，可幫助你隱藏人類身份。」氣球人邊說邊朝懸崖邊走了過去，「一分鐘後起跳。」

一時間，小笨貓以為自己太過疲倦而幻聽了。

這時，他的身後突然響起摩托的轟鳴和大喊聲：「前面的小鬼，讓開！別影響我威猛的身姿！」

小笨貓和氣球人轉過身一看，一輛浮空摩托正沖出林子，朝山頂飛馳而來。

車上坐着一個身穿紅色皮夾克的中年壯漢。他開足馬力，毫不遲疑地沖向懸崖邊，然後消失不見了⋯⋯

小笨貓足足過了五六秒鐘才回過神來，快步走過去朝雲霧繚繞的懸崖下張望：「怎麼回事？」

氣球人回答：「現在輪到我們了。」

「什麼？不，等等——」小笨貓還想先瞭解更多的情況，但是氣球人已經等不及了，它將雙手和雙腳縮回身體

裏，變成一顆巨大的保齡球，連滾帶跳地朝小笨貓撞了過來。

「保齡球瓶」小笨貓驚恐萬分，最終還是被撞下了懸崖。

氣球人則緊緊貼在他的背後，逆風中自如地展開了一對滑翔翼。

「啊——」小笨貓大聲慘叫，向峭壁下飛速墜落。

他驚駭地閉上雙眼，此時智能頭環上傳來一段清晰的語音提示信號——有一艘飛船正在急速朝他靠近。

他慢慢睜開眼睛，隱約看見在又濕又冷的濃厚雲霧中，有一個小黑點兒正在快速變大，並且和他一起向下落。

不一會兒，小笨貓跌出了雲海，黑點兒也顯現出真面目來。那是一架戰隼智能飛行器，黑色的V形構造，就像張開翅膀的翼手龍，在風中飛翔。

飛行器自動巡航到小笨貓的正下方，將他穩穩當當地接住。接着另一架飛行器出現在他的頭頂上，乾淨利落地帶走了慢悠悠滑翔的氣球人。兩個飛行器在空中一前一後地急速花樣飛行。

小笨貓還來不及多喘兩口氣，這時，飛行器突然在一座巨型石柱山崖旁，側身90度急轉彎，小笨貓再次發出驚恐的叫聲。

然而小笨貓並沒有因此掉進海裏，相反，他像被磁鐵吸住的鐵釘，牢牢地粘在了飛行器上——看來戰隼飛行器特有的穩定裝置被啟用了。

小笨貓懸在嗓子眼的心漸漸地安定了下來，他開始興奮地抬頭看向遠方。厚厚的雲層不知何時被風吹散了，照亮整個海平面的月光，在天鵝絨般的夜空與大海間鋪灑華光。

小笨貓和氣球人坐在飛行器上，沿着月光鋪就的道路向前飛去。他們不時在半空中360度打着旋兒。當飛行器在滿月輝映下貼着海面向前行進時，小笨貓嘗試着站了起來。

他閉上雙眼，伸展開雙臂，聆聽着海風熱烈的呼喊。

他感覺自己就像一隻正在自由翱翔的鳥，又感覺自己彷彿已經幻化成風。幾隻海鷗在他的頭頂上清脆地啼鳴，頑皮的魚羣不停躍出水面，在他的身側追趕嬉戲。

小笨貓真想一輩子都像這樣自由自在、無憂無慮地飛翔下去。

月光依依不捨地停滯在海面上，星星眨着眼睛。

飛行器的速度漸漸慢了下來。

小笨貓已經完全搞不清楚他們現在身處雷鳴海灣的哪個位置。四周只有一望無際的大海，海面像閃耀着藍寶石

光芒的錦緞，在徐徐的海風中輕盈蕩漾。

這時，越來越多的飛行器成羣結隊地出現在小笨貓和氣球人附近的夜空中。它們像一隻隻海鳥，在月光下翱翔，那場面實在壯觀極了。

沒過多久，一大片發出淺藍光芒的海面出現在機羣飛行方向的前方，遠遠望去，像鋪設在海面上的飛行跑道。而在發光海面的中央，一個巨大的黑色鋼鐵堡壘從發光海面的中央位置下方緩緩升起。

「那是什麼？」小笨貓驚歎。

黑色鋼鐵堡壘漸漸浮出水面，露出水面的部分有五六十米高，外形看起來像超級巨大的座頭鯨的頭顱，一雙摩天輪似的「眼睛」正閃着星星點點的藍光。清脆的鉸鏈聲，響亮地從堡壘內部傳來。

漫天的飛行器紛紛朝黑色堡壘的「眼睛」裏飛去。當小笨貓靠近其中一隻「眼睛」時，發現那竟然是一扇巨大的機械渦輪，直徑約30米，閃爍着鮮豔刺眼的藍色光。

當他們從渦輪旁邊經過，進入內部時，眼前的景象更是讓小笨貓瞠目結舌，裏面的空間比預想中的要大得多。

牛奶般的乳白色光亮，從數百米高的空間頂部灑下來。一幢幢高大的金屬建築，就像粗壯的機械魚骨，林立交錯，上面點綴着如碎裂星辰般的燈飾。

這些建築有的噴着黑色濃煙拔地而起；有的如魔方般

扭動旋轉着從上方懸掛下來；還有的甚至懸浮在半空中，像一條機械蟒蛇緩慢地向前遊動。許多維修機械人閃爍着橙白相間的彩燈，或是在建築羣之間忙碌地穿梭飛行，或是對建築進行維修和清潔。

威嚴的女性智能人語音在空間中迴響：

「認知是你觀測宇宙最近的窗戶，不時擦拭，光線才能穿透時間迷霧。各位來賓，歡迎蒞臨『生命最後的驛站』——月光街。」

威嚴的語音繼續在空間中迴響：「無論您是超凡人類、智能人或機械混種人……敬請遵守月光街平衡法則。違反者，將被禁錮於尼奧船長的生命回收部。祝各位好運！」

第 2 幕 結束

目標：陳嘉諾

懸賞中——

第 **3** 幕

利爪傭兵團

　　戰隼飛行器的大軍在偌大的空間裏逐一盤旋下降，
如穿梭的銀線般在建築間滑翔穿行，維修機械人們紛紛避
讓。

　　安全落地後，小笨貓興奮地東張西望着。

　　滑行在他附近的，除了裝扮奇怪的機械混種人之外，
還有少數造型怪異的智能人，他們從黑底銀邊的戰隼飛行
器上矯健地跳下來，警惕地和人類保持着一定的距離。

人羣中，一個女智能人突然扭過頭，橙紅色的機械眼狐疑地打量着小笨貓。她有着人類女性的面孔，妝容艷麗，若不是後腦勺掛着一條條閃着電光的「魚骨辮」，小笨貓最初還以為她也是個普通人類。她的魚骨辮猶如一條條吐信的毒蛇，上下遊動着。小笨貓與其對視時，一股強烈的陰冷氣息撲面而來，心臟不由自主緊張得狂跳。

「好奇心害死貓。」他突然想起爺爺常説的一句話，趕緊尷尬地笑着把目光移向了從他旁邊遊過的一羣機械魔鬼魚。

戰隼飛行器停靠在兩條街道的交叉口上。這兩條街道看起來古怪極了，尤其是對比看的時候——

右邊的街道上人滿為患。聳立在路邊的一長排酷似黑色煙囪的建築，彷彿巨大的置物櫃，五顏六色的店舖像形狀不規則的馬賽克抽屜，從「櫃子」裏探出頭來，橫七豎八地戳在半空中。巨幕廣告牌和全息影像舖天蓋地，讓原本晦暗陰沉的街道無比炫目。

左邊那條街道顯得清靜許多。這裏人跡稀少，青磚與條石舖就的石板路旁沒有一塊商舖招牌。十幾幢下水管道形狀的鈷藍色建築，如同巨大的魚肋骨，整齊地向後彎曲排列着。青花紋飾的窗戶透出絲絲冰涼的熒光。幾個大小不一的橢圓形建築，像魚卵一般吸附在那些管道建築之間，閃着暗銀色的微光。一排造型像古城樓般的高大建

築，沉默地矗立在兩條路中間。正對着小笨貓的牆面上，顯現着幾個全息投影大字，並且不停地變換着各種語言文字：

! **歡迎來到月光街！**

-系統訊息-

小笨貓混在人流中，緩緩前進。之前的魚骨辮女智能人朝他瞟了兩眼後，轉身朝左邊岔路走去，很快就消失不見了。

「白雲衞士，我們往哪邊走？」小笨貓困惑地跟在氣球人身後，周圍嘈雜的噪音讓他不自覺地大喊起來。

「向左走，還是向右走，這是個問題。」氣球人不知所云地左顧右盼，最終和小笨貓一起被周圍的人羣推擠着往右邊的岔路走去了。

這條路狹窄擁擠。大約走了十分鐘後，每一寸空氣都被人潮、商舖霓虹招牌、全息影像廣告，以及噪音塞得滿滿的，汗味兒和機油味兒混雜在一起。一條條緯絲狀的**弧光電磁雲梯**[1]，像蜘蛛網一般在半空中細密交織，連接在各個商舖之間，運載着千奇百怪的機械客人們在半空中穿梭。

---

①**弧光電磁雲梯：**一種利用磁懸浮技術傳動的電梯設備。

小笨貓一路上遇見的行人大多面無表情、行動遲緩。他們有的臉上塗着奇怪的陰影塗料，有的裝着粗糙的機械義肢，大多數人都戴着各種款式的智能頭環，一邊走路一邊目不轉睛地盯着眼前的投影畫面，彷彿被智能終端洗過腦。

「這裏為什麼叫月光街？」小笨貓不解地問。

「往前走，那裏會有答案。」氣球人回答。

小笨貓跟着氣球人拐了個彎。眼前這條街道的兩邊，各矗立着一個十米高的全息影像，行人們在影像的腳踝邊來回穿行——左邊的全息影像是古代的士兵，他手握長矛大聲吆喝：「盤古智能手環，開天闢地經典款，限時優惠。最新谷雨七代處理器，打造絲般順滑的使用體驗！」

右邊的全息影像是一個鬈髮的女神，她頭戴花環，手中輕拂橄欖枝：「聖火牌智能手錶豪華巡遊頂配版現已上市。智能頭環、嵌入式晶片，點燃全方位智能戰鬥體驗！」

「我的智能手環時好時壞，不如買個新的⋯⋯」小笨貓心癢癢地拉了拉背上的斜挎包，裝着黑金甲蟲的玻璃瓶在背包裏用力顫動了一下。

「可以去那邊看看。」氣球人帶着興奮的小笨貓走到自動購物倉內。一塊寬大的虛擬屏幕自動亮了起來，發射

出一道紅光，細細掃描了他的智能頭環。「尊敬的月光街黑鐵會員：海底漫步者。您好！您的推薦人：綠礬爵士。系統現已為您開通月光信用卡。」一個男性智能語音從購物倉中響起，向小笨貓提示說。

小笨貓疑惑地看向氣球人。

假名註冊，安全第一！

氣球人頭頂的虛擬文字，緩緩轉動。小笨貓露出一個完全明白的表情。

「檢測到您初次使用月光信用卡，特別進行使用說明。您的初始信用額度為1000水晶幣，付款方式為瞳孔驗證，還款擔保人為綠礬爵士。以上信息是否確認？」

「確認。」小笨貓緊張地回答。

「再次歡迎您來到月光街，您選購的商品將由海底特快專遞為您送達，部分預購或定製商品除外。祝您購物愉快！」智能語音說完，屏幕跳轉為各款智能手環展示畫面。

「不敢相信，不久前，我還窮得連電費都付不起，現在我的月光信用卡居然能支付1000水晶幣！」小笨貓揉着頭髮，簡直要尖叫起來了。

「請理智消費。」氣球人理性地提醒，「記着我們還

要修復晶片，以及購買細胞修復液。」

「我知道了。」小笨貓用手指戳着屏幕，興奮地挑選着最新款智能手環，最後挑選了一款經濟實惠型，花費不到27水晶幣。

「白雲衞士，月光街怎麼會有這麼老式的購物機？」小笨貓離開兩個巨型全息影像時，興致勃勃地問。

「這裏時常改變風格和構造，最近流行復古風。」氣球人說着，從一個燈球機械人那裏，領了張充電優惠券。

「傲天士能源店，限時優惠！」

「傲為智械，用愛發電！」

「獨創傲天士發電球，可捕捉星系中的各種能源——無論是宇宙間的星辰灰靜電，還是風雨雷電，我們保證可以發電！地址：寅區1087號店舖！」

燈球機械人們胡言亂語着，朝附近一個臉上塗滿金粉的奇怪女人飛去了。

氣球人帶着小笨貓逛了一會兒，最後沿着一道緩坡向下走去。小笨貓興奮地東張西望，恨不得能將周圍的一切都看全。經過路邊某間裝飾花裏胡哨的商舖門前的時候，他不小心用手指碰了一下一隻擋路的迷你機械犀牛，犀牛的胖屁股後面，彈出一長串蹦蹦跳跳的全息投影文字：

⚠️ 朋友，請來肥牛煲智慧終端店，這裏是提高智力的最佳選擇：出售多種型號智眸、智耳、智能手錶、植入式晶片等。您擁有的，將是全世界最隱私的服務。地址：卯區603號店舖。

-系統訊息-

　　小笨貓心想，彭嗲真該來這家店看看。這時，緩坡盡頭的微型廣場突然出現一陣騷動。

　　「看呀，那是傳說中的機械戰馬——踏雪無痕！」

　　一個穿着黑色皮風衣的獨眼智能人，將一匹構造和做工都極其精密的銀色機械戰馬停在路邊，從容邁步走進一家店面購買機油。從旁經過的不少機械混種人和智能人都駐足圍觀珍奇戰馬。

　　小笨貓剛想擠進人羣去湊個熱鬧，卻被一羣戴着黃牛面具的智能人團團圍住了：「女性智能人時裝秀，還有最後兩張票，小哥，要看嗎？」小笨貓瞟了一眼智能人手心的全息影像，搖了搖頭，果斷拒絕了。

　　氣球人催促着磨磨蹭蹭的小笨貓，走入了一條有着完全不同裝修風格的街道。

　　這裏依然人滿為患，小笨貓和氣球人穿行在一片片五顏六色的全息投影間，各種穿着古裝的機械人，在青石板鋪就的街道兩邊招攬客人。兩個機械人在一小塊空地上分

別演奏着二胡和古琴，它們的機械眼都已損壞。整條街道上，叫賣聲和音樂聲雜糅在一起，還有各種古怪機油的味道在空氣中飄蕩。

「歡迎光臨，日月光環保機油店！」

「菲琳奇妙齒輪店，加快您的戰鬥節奏！」

經過一家超酷的滾輪烤肉店的門口時，小笨貓的肚子發出雷鳴般的咕咕聲，口水像瀑布一樣無法抑制地流到地面。這家店鋪門前的全息影像招牌，正在不停地翻滾播放：

⚠ 雷電烤雞，買三送一。
機械混種人首次購買免費。

-系統訊息-

裝着一隻機械臂的店鋪老闆，聲嘶力竭地站在烤箱前對行人大聲吆喝。

小笨貓正想要問，不是機械混種人能不能優惠……旁邊一間叫作「水雲間」的茶館裏，突然響起一聲驚堂木的拍案聲，把他嚇了一跳。

「上回書說到，星海戰神率領被星際海盜圍困的人類艦隊絕境反擊，嘗試突破封鎖，挫敗邪惡智能人的閃電圍攻……今天要跟大家說的是月光街的由來。」茶館裏端坐着一位頭戴斗笠的青袍獨臂說書先生。一隻機械禿鷲正站

在他旁邊，目光銳利地左右張望。小笨貓拉着氣球人，和幾個行人好奇地圍了過去。

「2060年，地球的人口爆炸式增長，接連不斷的能源爭奪戰，以及人類與智能人的第三次火山灰戰爭，讓許多熱愛和平的機甲愛好者流離失所。」獨臂説書先生的聲音充滿了磁性，他的前方隨之浮現出了一個個變化的全息影像：

那是一片微縮的繁華都市。人羣在街道上四散逃亡。忽然間，數十名穿着白色棉袍、端着重機槍的士兵，穿過蜂擁的人潮迎面沖過來，與一羣追擊而來的黑色蜘蛛造型機械人大戰……緊接着，鏡頭拉高，在戰場的上方，隱形轟炸機發射出一枚枚導彈……

「僥倖存活下來的機甲駕駛員，對戰爭失望的智能人，以及遊走在倫理邊緣的半機械人……他們集合眾力，另辟疆土，耗盡所有的資源和智慧，終於建成了傳説中的月光街……」

影像繼續變化：無數駕駛着機甲的衣衫襤褸的人類、身軀殘損的智能人，以及面容冷漠的半機械人，在紛飛的炮火和殘垣斷壁間背井離鄉，在某個神秘海域集合，揮汗如雨地打造着一艘城市般大小的超巨型核潛艇……小笨貓目瞪口呆地看着這些影像，內心震撼不已，一時間將烤肉店和周圍的行人全都拋在了腦後。

「經過數十年的發展，月光街已經在全球海域中累計行駛了將近五千萬公里。這裏唯一的法則是——自由與和平。歡迎您來到水雲間茶館。請您支付聽書費：一水晶幣。」

隨着音樂最激昂的部分過去，全息影像緩緩消失了。旁邊幾個行人一聽見付費，便立即轉身離開了。只有小笨貓老老實實地站到機械禿鷲前，掃描瞳孔支付了費用。而氣球人因為形態不明，不需要支付費用。

「小鬼，一看就知道，你們是第一次來月光街的菜鳥。只有剛到的人，才會相信這些鬼話。這裏可沒有剛才『斷臂老鷲』說得那麼酷！」他們沒走多遠，一個頭髮灰白的胖老人從路邊一家店舖裏探出頭，用一雙渾濁的機械眼打量着小笨貓和氣球人。在他的店舖門口，有一個半米高的膠囊全息影像，正一邊轉動一邊快速變幻顏色，看上去像老式理髮店的旋轉燈箱。

「理髮師大叔，我倒覺得那位斷臂人說得挺有趣。」小笨貓不以為然地揚起眉毛。

「理髮師？」老人嘲笑說，「我眼瞎之前，有人這樣叫過我。那時，我開了一家礦藏公司，去火星挖礦，確實『修理』過不少人的腦袋。至於現在，我不做『大哥』好多年了。」老人瞟了一眼氣球人。

「我不需要理髮。」氣球人說。

　　老人怪笑一聲，轉向了小笨貓：「怎麼樣？餓了嗎？小鬼，來顆『飽腹膠囊』？今天我給你打五折，以後常來光顧就好——除了讓你不會挨餓的『飽腹膠囊』，我店裏還有能短暫提高生理機能的『飛燕膠囊』，讓你口腔肌肉發達的『強辯膠囊』。特別暢銷的『百變膠囊』也快到貨了。好了，孩子，看這裏。」老人不耐煩地指了指櫃枱上的一個閃爍着綠光的玻璃球。

　　小笨貓下意識地轉頭望去，他的瞳孔立即被掃描，玻璃球發出一個智能語音：「購買『飽腹膠囊』十粒。已完成支付，餘額：622水晶幣。祝您購物愉快。」

　　小笨貓的頭彷彿被一根鐵棒狠狠地敲了一下，耳朵嗡嗡直響——十粒膠囊，竟然花了他這麼多錢！

　　「大叔，不是五折嗎？您剛剛刷了我350水晶幣！」小笨貓的聲音都扭曲了。

　　「我的膠囊是用最新的生物保健科技合成的！」老人壞笑着，將一個蛋型金屬盒扔給小笨貓，「每天最多吃一粒，保管不拉肚子。另外特別叮囑你，如果想要還信用卡的錢，可以去那裏接任務。」他指了指四周。小笨貓和氣球人扭過頭去，發現不少店舖和小販，頭頂上都冒出一個黃色感歎號的影像。

　　「完成他們提供的任務，就能領到獎金。」老人將頭探出櫃枱，「有人剛發布一項任務，要抓捕一個和你年紀

差不多大的小女孩兒，好像叫什麼陳嘉諾！嘿，獎金可不少！小兄弟，你可以去試試，説不定會有狗屎運。」

小笨貓突然感覺喉嚨裏一陣發澀。

陳嘉諾這個名字他不久前好像才見過，就在大鬧古物天閣舊物回收場的機械怪物身上。它似乎也在抓捕陳嘉諾。

「原來陳嘉諾是個女孩兒，而且年紀和我差不多。」小笨貓自言自語，疑惑地轉頭看向氣球人，「你知道她嗎？」

氣球人沉默不語，綠色的電子眼飛快閃爍着。「再見。」它説完，轉身便離開了膠囊店門口。

　　小笨貓看了一眼滿臉壞笑的老人，朝氣球人追趕過去。

　　這時候，小笨貓逛月光街的興致已經消減了一大半。

　　「可惡，這哪裏是買東西，簡直就是打劫！」小笨貓鬱悶地取出一顆透明的黃色膠囊吃進嘴裏，感覺味道和牛奶奶給他吃過的魚油膠囊沒什麼區別，肚子依然餓得咕咕直叫。

　　他沮喪地往前走，就連氣球人請他喝可以讓臉上皮膚變成淺紅色的山茶花油，以及路過售賣最新款「銀翼聯盟」專用遙控配件的「風火輪競技館」，都沒讓他的心情好起來。氣球人似乎也變得格外地謹小慎微，綠色電子眼不停閃爍着，警惕地觀察着周圍的人羣。

第 3 幕・結束

黑金甲蟲與幻牌卡佩

在月光街的另一邊，魚骨辮女智能人正在街頭巡查。她後腦勺上的魚骨辮亮着紫色的光，在半空中發出探測電波。一個雷達地圖的全息投影顯現在她的左眼前，就像一塊鏡片。

雷達地圖上，一個閃爍的紅點正在逐漸向她靠近。下方有一行信息：

! 吸鐵石信號弱，定位至 200 米內。

-系統訊息-

「爆狐團長，我接收到了『吸鐵石』的信號，目標應該就在月光街。」女智能人低語着，警惕地左右環視，「信號很微弱，我無法精準定位。但根據信號分析，陳嘉諾很可能就在這裏。」

「幹得好，冪砂。我和灰熊現在就過來。」連接在女智能人耳邊的通信器裏，傳來一個狂躁的聲音。

女智能人冪砂關閉了通信器，就在這時，她的前方響起一個驚呼聲。她定睛一看，那是一個留着八字鬍的機械混種人傭兵，正指着自己的皮鞋，氣呼呼地瞪着她。

「你沒長眼睛嗎？把我的新鞋都踩髒了！啊？我忘了，智能人是長不出眼睛的。」

冪砂腦後的魚骨辮猛地射出，如同蟒蛇般勒住了男人的脖子。她冰冷的橙紅色機械眼反復對焦，掃描八字鬍傭兵。半秒鐘後，她輕輕地哼了一聲：「不是陳嘉諾的同黨。」她揮了一下手，空氣中出現一個十來歲少女的全息照片。這位少女有着獨特的紫色雙眸，冷峻的眼神如同出鞘的利劍。

「見過她嗎？」冪砂問。

八字鬍傭兵驚恐萬狀地拼命搖頭。從旁邊經過的路人

紛紛躲避。

冪砂的金屬魚骨辮猛地收緊，八字鬍傭兵頓時臉色發青，倒在了地上。周圍的行人驚慌地叫起來，街道上亂成了一團。

然而冪砂毫不在意。她將中年男子踢到路邊，然後在人們的叫嚷聲中，面無表情地繼續朝前走去。

她眼前的雷達地圖上，目標紅點開始移動。冪砂緊隨着紅點移動的方向前行，但出乎她意料的是，最終被雷達鎖定的，竟是她在飛行器上看到的那個小男孩兒——他正和一個白色膠質機械人，朝一家名叫「黑色塵埃」的外骨骼機甲店走去。

冪砂的橙紅色機械眼掃描着男孩兒的背影。

「信息加載……海底漫步者，來自星洲廢鐵鎮……」她關閉了雷達全息投影，目光緊緊地落在沐恩和白色機械人身上，腦後的魚骨辮不停地騷動起來。

在黑色塵埃外骨骼機甲店門口，小笨貓驚奇地左右打量着，完全沒有察覺到那位魚骨辮女智能人正在朝他靠近。

這家店鋪又小又破，門外沒有花哨的全息影像招牌，也沒有巧舌如簧的攬客機械人。雙開的木門上掛着一塊簡單的鐵牌，上面寫着「黑色塵埃 • 特殊定制外骨骼機甲」。旁邊積滿灰塵的櫥窗裏，擺放着一幅銀色的

外骨骼機甲，造型像一個古代的騎士，正雙手扶着長劍孤獨地坐在那裏，彷彿在等候君王的歸來。

小笨貓新奇萬分地推開門，和氣球人一起走進店鋪。裏面並不大，七八個水晶陳列櫃整齊擺放，展示着最新款式的外骨骼機甲。三三兩兩的客人在店鋪裏穿行，神情或挑剔或猶豫。

小笨貓感覺自己就像走進了一個小型展覽館。他好奇地打量着一副笨重的鐵銹色外骨骼機甲，它的機械臂有大象腿那麼粗！

「歡迎光臨！你的眼光真不錯。」一個蒼老而嘶啞的聲音把小笨貓嚇了一跳。他和氣球人一起轉過身，發現一位瘦骨嶙峋的老人正站在他們身後。老人神情肅穆，左眼的瞳孔是銀灰色，稀稀拉拉的白色長髮紮成一根馬尾辮，整齊地梳在腦後，身上穿着厚厚的黑長袍。

「這副外骨骼機甲叫作『堅固之刃』，威猛的胸甲和剛毅的線條，彰顯着男子漢夢寐以求的力量感……可以根據您的身材量身定製，下單後一年內發貨。預售價96800水晶幣。」

小笨貓感覺頭頂上被潑了一盆冷水，熱切的目光冷卻下來：「我大概只買得起它的幾顆螺絲。」

「哦，原來是你！」老店長打量了一下氣球人，驚奇地揚起花白的眉毛，銀灰色瞳孔亮起了白光，「雖然光顧

我這家店的黑晶會員很多，但能讓我記得住數據信息的，可沒有幾個。只是你怎麼成了這副模樣？上次你從我這裏買的配件好用嗎？」

「您好，莫厲店長。」氣球人禮貌地回答。

「你好。」老店長拽着氣球人左右打量，眉頭緊緊皺了起來，「鴻鵠防禦盾XP最新機型，還不錯。不過受到不少損傷……我可以幫你簡單修復，就當作是你經常照顧本店生意的謝禮。跟我來。」

「非常感謝。沐恩，請稍等。」氣球人説完，跟在老店長身後，朝店舖旁邊的一扇小鐵門走去。

小笨貓不知就裏地聳了聳肩膀。

不一會兒，其餘的客人都陸陸續續地離開了，只剩下他獨自在店舖中亂晃。店門口的展櫃中，一個造型如黑色猛禽的外骨骼機甲，頭盔上正亮着一雙紅色的機械眼，緊緊盯着小笨貓。一副做工極其精細華麗的金色外骨骼機甲，猶如尊貴的王者，在中央位置的展櫃裏閃耀着驕傲的光芒。

最讓小笨貓難以理解的是，店舖角落處展示着一個輪胎大小的黑色金屬球，它的外殼像金屬履帶，球中透出一團紅色的光。

「這也是外骨骼機甲嗎？名字叫帝凰之舞。」小笨貓好奇地打量着，喃喃念出標注在水晶櫃上的機甲名。

　　就在這時，一個倒影漸漸顯現在了展櫃的玻璃上，變得越來越清晰。

　　小笨貓疑惑地皺着眉頭打量，當辨認清楚來者時，他的心劇烈地跳動起來——竟是他剛來月光街時遇見的那位魚骨辮女智能人！

　　魚骨辮女智能人冪砂在小笨貓身後停住了腳步，一雙橙紅色的機械眼盯得他渾身發毛。

　　「你好……請問有什麼事嗎？」小笨貓轉過身不安地問，眼睛朝小門的方向瞟了一眼——氣球人和老店長仍然沒有出來。

　　「小鬼，你見過這個人嗎？」冪砂冷冷地説着，一根魚骨辮蛇行遊走到小笨貓面前，藍光從魚骨辮末端的噴射口射出，在小笨貓面前投影出一張少女的照片。

　　小笨貓困惑地打量着，還沒來得及看仔細，他背着的斜挎包裹突然傳來一陣激烈的顫動——黑金甲蟲們不知為何突然瘋了一樣撞擊玻璃瓶。他趕緊用力晃了幾下挎包，這才讓黑金甲蟲們稍稍消停了些。

　　冪砂狐疑地皺緊了眉頭，冰冷的視線在小笨貓的身上掃視：「你背包裹裝着的是什麼？」

　　「呃……一點兒小玩意兒。」小笨貓臨時編了個謊。他有一種強烈的直覺——這個女智能人會給他帶來危險。

「拿給我。」冪砂不容置疑地命令，向小笨貓伸出一隻手。小笨貓驚慌地捂住包，猶疑地搖了搖頭。

「敬酒不吃吃罰酒。」冪砂不耐煩地齜了齜牙，後腦勺的金屬魚骨辮倏地朝小笨貓飛了過去，緊緊地纏繞住他的脖子，並且逐漸收緊。

小笨貓感到頭腦發漲，無法呼吸。正當他快要因為窒息而暈過去時，兩個身影出現在了店舖中。

「檢測到威脅——啟動高級防衛模式！」氣球人飛快地說着，電子眼變成了紅色。它抬起一隻手瞄準女智能人，手心中的圓孔醞釀着刺眼的光。冪砂愣了愣，放開小笨貓，飛快向後跳了一步，金屬魚骨辮在半空中亂舞。

眼看下一秒一場激烈的戰鬥便會在外骨骼機甲店裏上演。這時，店舖中突然響起刺耳的警鈴聲。

「不要鬧事！我已經向月光警衛隊報警！」莫厲店長氣惱地走上前，灰白瞳孔幽幽地閃爍着光，「這位美麗的智能人女士，就算你不知道黑色塵埃的過去，那也應該知道外骨骼機甲的貴重之處。這裏可不是發起糾紛的好地方！」

小笨貓跌倒在地上，摸着自己的脖子猛烈地咳嗽。氣球人收回了手臂。冪砂不甘心地齜了齜牙，腦後的魚骨辮垂落了下來。

「臭小子，算你命大。」她惡狠狠地瞪了一眼地上的

小笨貓，走到店舖門口時，又瞟了一眼氣球人和老店長，憤怒地甩動腦後的魚骨辮，踹開店舖門離開了。

外骨骼機甲店裏再次安靜下來。老店長歎了口氣：「我只能幫你到這裏了。最近智能人帝國的殘餘勢力在各處騷動，那幫傢伙可不好招惹。你們買好東西，儘快離開吧。」

小笨貓從地上爬起來，驚魂未定地點了點頭。他和氣球人在老店長的指引下，從外骨骼機甲店的後門溜了出去。

他們躲在角落裏，警惕地左右張望，直到確認那位女智能人已經離開後，這才趕緊沿着街道飛快地朝一家二手機械人商店走去。

接下來這一路上，小笨貓不再磨蹭，跟隨氣球人健步如飛。他恨不得腳下能有兩個火箭噴射器，直接飛去1602號店舖——猩紅之眼•機械人店。不僅僅因為擔心那個奇怪的女智能人再次出現，還因要為修復小牛四號的晶片，這可是小笨貓此行的主要目的。

只是剩下的水晶幣額度已經不多了。小笨貓在心裏默默祈禱，希望能如願買到一塊便宜實惠的智能晶片，以及相應的零配件，讓他能順利修理好小牛四號。

他們加快腳步，十幾分鐘後，在路邊一個跳舞的蝴蝶機械人全息影像旁停了下來，搭乘它旁邊的一架弧光電磁

雲梯，緩緩地升空。

小笨貓低頭看着越來越遠的地面，攢動的人頭從一個個五顏六色的「圓球」，漸漸變成了一羣密密麻麻的「彩色螞蟻」。

沒過多久，弧光電磁雲梯載着小笨貓和氣球人在一扇五六米高的菱形金屬門前停了下來。巨大的鐵灰色機械人全息頭像在門框裏突然出現，暗紅的機械眼直視着小笨貓和氣球人，發出一個沙啞低沉的智能語音：「猩紅之眼 • 機械人店，歡迎您的大駕光臨！機甲搏擊擂臺賽第十二賽季決賽，將於五分鐘後開始；機械智獸競技賽，正在進行中。祝您玩得愉快。」

機械人全息頭像消失後，金屬門自動打開了——

一陣鼓點激烈的饒舌音樂轟鳴着撲面而來。小笨貓目不暇接地和氣球人一起走進了店鋪，一時間彷彿進入了另一個世界。

這是一個昏暗的寬闊空間，裏面擠滿了各式各樣的人和機器。激昂的音樂聲和人們的歡呼聲混雜在一起，讓人就像聽見了衝鋒號的戰士，不由自主地亢奮起來。空氣裏充滿了機油和金屬的味道。

來來往往的人們，或亢奮不已，或沉默不語。

一個個體形高大的機械人，像訓練有素的管家，或是站在角落，或是沉重地踱步跟着它們的主人。角落裏還

有幾個機械人，正在主人的指揮下，或練習搏擊出拳的動作，或檢修機械身體的線路。

小笨貓和氣球人一起在人羣中穿行。他既緊張又好奇，腳步放得緩慢極了，生怕錯過周遭的任何一個場景，但又擔心驚動甚至惹毛這些機甲搏擊高手。

經過一扇金屬拱門前時，一個受損的機械人被智能浮空運輸機抬着，從拱門後的房間裏出來。它壞掉的機械臂正淒涼地閃爍着火花和電光。

「這是怎麼回事？」小笨貓困惑地問。他抬起頭朝拱門後望去——白色的燈光明亮刺眼，人們的尖叫聲震耳欲聾，還有許多人正激動地朝着拱門後飛快跑去。

「機甲搏擊決賽開始了。」氣球人説，它被從身邊跑過的人撞得左搖右晃，「相關信息顯示，參加決賽的兩個機械人是『瘋狂怪面具』和『冷焰女武神』。」

「那還等什麼？」小笨貓雙眼閃爍着激動的光，「快過去看看！」小笨貓迫不及待地跑向那扇金屬大門，然而卻被守在門口的兩名機械人保安阻攔了下來。

「未成年人禁止入內。」機械人保安同時大聲説。

小笨貓沮喪極了，只能遠遠地張望房間裏被人羣包圍的擂臺。那裏兩個機械人正在激烈地交戰。

紅金相間的機械人——冷焰女武神，如人類年輕女子般纖細苗條。它將機械手掌變化成兩把金屬扇子，朝對面

像顆巨大綠豌豆的面具機械人攻擊過去。激動的觀眾們不知疲倦地揮舞着胳膊，聲嘶力竭地吶喊助威。

「冷焰女武神！火焰轟擊——不不！冰凍射線！」

「瘋狂怪面具！彈跳閃避——就是現在！進攻！」

小笨貓和氣球人被機械人保安趕到一個偏僻的角落，他悻悻地歎了口氣：「真可惜！難得看到高級的機械人實機競技賽。」

「別灰心。」氣球人安慰小笨貓，「未成年人可以觀摩那邊的機械智獸競技賽。注意拿好你的背包。」

「你説得對，我差點兒忘了！」小笨貓的雙眼再次有了光彩。他探頭看向不遠處的機械智獸競技賽區，也有很多人激動地圍聚在那裏，熱烈的氣氛一點兒也不遜於機甲競技賽區。小笨貓激動地走上前，擠進了潮水般晃動的人羣中。

他這才看清楚，被人們包圍着的是4個桌球桌大小的機械智獸競技場。幾面透明的高能電子牆將競技場圍住，形成了一個封閉式「囚籠」。

一隻強壯的機械綠蜥蜴正和一隻弱小的機械螳螂打鬥得不可開交，並且毫無懸念地佔據上風。小笨貓觀看了一會兒兩隻機械智獸的戰鬥，覺得無聊極了。

「它們的戰鬥力和那些黑金甲蟲比起來差多了。」小笨貓自言自語。氣球人不置可否地眨巴了兩下電子眼。

「小子，不要口出狂言！任何甲蟲的戰鬥力都比不上我的戰蝎！」一個粗獷的聲音在旁邊響起。小笨貓轉過頭，發現居然是他在雷鳴海灣看見的那名中年壯漢，他在不久前騎着摩托，搶在小笨貓和氣球人的前頭沖下了山崖。

壯漢眯着眼，不悦地看着小笨貓：「小傢伙，這裏不是你該來的地方，還是趕緊回家做作業吧！」

「如果你不信，可以比一比。」小笨貓不服氣地噘起了嘴，從斜背包裏掏出了玻璃瓶，在眾人面前晃了晃。玻璃瓶裏，黑金甲蟲如流水般湧動着，異常狂躁地撞擊着厚實的玻璃。

壯漢盯着那些甲蟲愣了幾秒，和周圍人一起發出震耳欲聾的大笑聲。「這可不是鬥蛐蛐！不過，看在你還算有膽量的份上，我可以讓你體驗一下絕望的滋味！把你的小蟲子放進去吧！」

「看我的！」小笨貓頭腦發熱，不顧氣球人的阻攔，擰開了玻璃瓶蓋，將黑金甲蟲全數倒進了「囚籠」中。

「囚籠」再次完全封閉起來，一個紅色的數字全息影像在「囚籠」上方跳動。那是比賽的倒計時。

「上啊，阿綠！這位小朋友為你帶來了豐盛的晚餐！」壯漢得意地大笑着，「把那些小蟲子統統幹掉！」

　　仍在競技場中的綠色機械蜥蜴，飛快地朝在囚籠角落裏湧動的蟲羣爬去。圍觀人羣激動地大聲呼喊着。

　　然而令所有人意外的是，黑金甲蟲互相連接了起來，並且飛快地變形成了一個機械蠍子。它似乎想要逃出鬥獸場，瘋狂地撞擊着「囚籠」，卻被激光壁迸射的一道電流擊翻在地。

　　機械蜥蜴發出尖銳的鳴叫聲，張開佈滿尖牙的大嘴，一口咬住了機械蠍子的螯肢，並且撕咬了下來。圍觀的人羣頓時炸出一片震耳欲聾的叫喊聲。

　　「怎麼回事？它在爛車營地和古物天閣，可不是這副不中用的模樣。」小笨貓疑惑地嘟囔。

　　「阿綠，不用手下留情！」壯漢的聲音如洪鐘般響亮，「哼，乳臭未乾，還想玩智獸競技？」

　　小笨貓不服氣地捏緊拳頭。

　　競技場上，機械蠍子的眼睛閃爍起紅光。

　　它的金屬身體冒着電光，竟然在眾目睽睽之下，分解成了十幾隻黑金甲蟲！甲蟲羣如同黏稠的黑水，湧上了機械蜥蜴的身體，瞬間便將機械蜥蜴吞沒，並且發出一陣啃噬金屬的聲音。

　　幾秒鐘不到的工夫，機械蜥蜴便只剩下了一些金屬屑，在電網的照耀下反射出幽暗的冷光。更令所有人驚訝的是，黑金甲蟲羣似乎壯大了不少，並且重新拼接組合成

一個有着蠍子大螯和蜥蜴身體的機械怪蟲！

　　競技場周圍鴉雀無聲。幾秒鐘後，人羣爆發出震耳欲聾的高呼聲。

　　「好厲害的變形功能！」「小夥子，這東西你哪兒買的？」「三冠王阿綠也沒那麼厲害，居然成了小甲蟲的盤中餐！」

　　「可惡！」壯漢羞愧難當地叫罵着，滿臉漲得通紅。小笨貓驚愕地望着競技場上的機械怪蟲，絲毫沒感受到戰鬥勝利後的喜悅。

　　他暗自慶幸自己在爛車營地找到了對付這些古怪甲蟲的辦法，否則後果不堪設想。

　　「收回甲蟲，以免失控。」氣球人在一旁提醒。小笨貓飛快地點點頭。

　　然而已經來不及了，圍觀人羣在壯漢的慫恿下，紛紛拿出自己的機械智獸，全都扔進了電子囚籠裏。

　　「兄弟們，一起上！」

　　「喂，別耍賴！你們一個個來！」小笨貓高聲地驚呼。

　　但出乎所有人的意料，黑金甲蟲變形成的機械怪蟲，揮舞着銳利的大螯，毫不費力地將機械智獸們撕扯成了碎片。它不斷地啃噬和進化，短短幾分鐘後就變成了原來體形的五倍大，在競技場中發出尖銳的怪叫！

「怪物啊！」所有人大聲尖叫起來，小笨貓更是目瞪口呆。

更讓他驚訝的是，機械怪蟲的眼前彈出了虛擬屏幕：

⚠ 通信系統修復進度100%，開始呼叫主腦。

刺刺——刺刺——

就在這時，幾道白色的電流從「囚籠」的四周射出，擊中了機械怪蟲。怪蟲厲聲嘶叫着，冒出一片刺眼的電弧，變大的金屬身體隨之散落，成了一大堆金屬殘渣。

不一會兒，一隻機械蠍子飛快地從金屬殘渣中爬出，準備往一旁逃竄。

說時遲那時快，一個玻璃罐從敞開的「囚籠」上方扣了下去，不偏不倚地將機械蠍子關了進去。機械蠍子瘋狂地衝撞着玻璃罐，逐漸散落成黑水般的甲蟲羣，憤怒地湧動着。

小笨貓吞咽了口唾沫，驚魂未定地抬頭看去——

只見一位中年人驚喜地舉起了裝着黑金甲蟲的玻璃罐子。他的身材精瘦，戴着頂航海帽，一對看起來就精明的眼睛正睜得大大的，好奇地觀察着罐子裏的金屬蟲。

「卡佩店長⋯⋯」

「店長來了⋯⋯」

騷動的人羣漸漸安靜了下來，稍稍向後退了幾步，給「航海帽」讓出一小塊空地。

「小朋友，沒想到你小小年紀，竟有這樣的好東西。」「航海帽」用眼角瞟了一眼小笨貓和氣球人，翹起手指伸到了小笨貓的面前，「這罐蟲子，我要了。」

小笨貓愣了幾秒鐘後，突然回過神來，從「航海帽」手中搶過玻璃罐，不確定地問：「您的意思是⋯⋯」

「航海帽」露出一個狡黠的笑：「那麼，這位小朋友，是否有興趣去我的機械人收藏室坐坐？價格嘛，咱們好商量。」

「機械人……收藏室？」小笨貓驚喜地瞪大眼睛，「當然！如果你能請我吃飯的話，我有興趣極了！」

第 4 幕·結束

哈哈！

帶你長長見識，小朋友！

啪

機甲收藏密室

　　「航海帽」領着小笨貓和氣球人，穿過競技場後門。在確定沒有人跟蹤之後，一行人悄悄地來到一個低矮的圓形金屬洞口前。

　　「芝麻——開門。」「航海帽」雙手合十，閉上眼，開始神經質般地呢喃自語。

　　不一會兒，旁邊的牆面上打開了一條暗道。他揮揮手示意小笨貓跟上，然後一頭鑽了進去。小笨貓推着氣球人

緊跟在「航海帽」的背後。

　　沒走幾步，門在他們身後緊緊關閉了，阻斷了外面所有的噪音。眼前是一條約兩米高的金屬管道，毫無規則地蜿蜒伸展着。管道內到處都是生銹的齒輪和亂糟糟的電線，懸掛在上方的線圈燈發出綠油油的光，作為照明。

　　「對了，大叔，我還不知道您是誰？」小笨貓一邊東張西望，一邊好奇地問。周圍有不少巴掌大的古銅色機械蜜蜂，快速地使用發光的尾部修理着破損的管道壁，一路上時不時迸射出金色的火花。

　　「航海帽」向停在他手指上的一隻機械蜜蜂發出一個指令，機械蜜蜂扇動翅膀飛向管道深處。「我是誰？」他轉過頭來，抿嘴向小笨貓怪異地笑了笑，露出一口大黑牙，「這可是世界上最難回答的問題。你可以叫我幻牌卡佩，也可以叫我卡佩店長，或者幻牌大師。」

　　「卡佩店長，我是海底漫步者。」小笨貓指了指身後，「這位是機械人保姆衞士。」

　　「您好。」氣球人説。

　　「海底漫步者，不錯的冒險名字。」幻牌卡佩皺緊眉頭瞟了一眼氣球人，「不過，保姆衞士……真是浪費了這麼好的機械人。」

　　沒過多久，金屬管道向上延伸。他們繼續走了將近一

刻鐘後，來到一扇鏽跡斑斑的厚重金屬大門前。無數隻機械蜘蛛從角落裏爬了出來，幻牌卡佩命令其中幾隻鑽進了門上的兩個凹槽內。

大門立時開了——門後，竟是一個宏偉的空間。

「我⋯⋯我在做夢嗎⋯⋯」小笨貓震驚地説，難以置信地搖搖晃晃走上前。他從未想過，自己竟能遇見如此奇景。上百個機械人全都被裝在大小不一的水晶玻璃櫃裏。這些玻璃櫃最大的有四五米高，最小的才不到一米。一面水晶玻璃前，飄浮着絢藍色的機械人內部構造影像。機械蜜蜂們在展櫃間忙忙碌碌，修理和維護着這些機械人。

位於空間正中央的機械人，是唯一一個沒有被裝在櫃子裏的。小笨貓猜想，也許是因為它的體形過於巨大了。

那僅僅是一個機械人的上半身，有二十餘米高，被上百條從天花板上垂落下的粗壯金屬纜繩吊掛在半空中。它看起來像一個陷入了沉睡的武士，胸口處有一個巨大的機械渦輪。青灰色的鋼鐵身軀殘破不全、傷痕累累，右邊的機械臂只剩下了小半截兒，電線和機械骨架全都暴露在空氣中，這讓它看上去更加悲壯和凜然。機械蜜蜂們正在它左邊的胸腔內檢修和焊接，紅金色的火花彷彿有生命般在它的身體內迸射。

「這簡直太瘋狂了……」小笨貓已經激動得語無倫次了，他用力揉着自己的頭髮，「那究竟……是什麼？」氣球人的眼睛也在不停地閃爍，似乎正在搜索相關信息。

「震驚，那是理所應當的。」幻牌卡佩得意揚揚地用手指繞着他的航海帽，「我的機械人收藏室裏，目前共有一百二十八件珍貴藏品，大多屬戰鬥型機械人。雖然數量不算多，可全都大有來頭。看看它──」幻牌卡佩指向左邊第四排的一個櫃子，裏面站着一個四米多高的黑色機械人，它的機械臂是兩柄巨大的金屬斧頭，「『隕落戰斧』，銀翼聯盟機甲排行榜第756名，坦克型戰士，警察級。純鋼外殼，毫無雜質，擁有龍鱗III型智能晶片。它曾經在銀翼聯盟的挑戰賽中拿過洲際冠軍，名號可是響噹噹的。它的斧頭揮起來削鐵如泥，卻沒有哪個機械人能從它的身上剷下一點兒鋼屑。比賽場上，只有沒腦子的人才會和它正面對抗！」

幻牌卡佩打了個響指，櫃子竟然打開了！黑色機械人的雙眼和兩柄戰斧的斧刃，瞬間亮起了紅光。它上前邁了一大步，半蹲下來俯視着小笨貓和氣球人。小笨貓咽下一口唾沫，滿臉癡迷地極力點頭。

幻牌卡佩甩了甩手腕，機械人重新站直身體，不再動彈了，只有閃爍着紅光的機械眼一直鎖定着小笨貓一行人的移動軌跡。

「要不是他的主人欠下一大筆債，恐怕我很難把它收入囊中。」幻牌卡佩露出一個詭異的微笑。小笨貓已經吃驚得連話都說不出來了。

「再看看這個。」幻牌卡佩指向一個亮着黃光的櫃子，「銀翼聯盟排行第634名的『無影劍客』——突進型戰士，特警級。它的動作快如風，突然襲擊、一招制敵，都是它的拿手絕活兒。」

櫃子打開了。一個兩米多高的銀色機械人，手握一柄藍色的激光長劍走了出來。它的體形纖細，機械身體雖高卻異常輕盈。忽然，它飛速向前衝刺，等小笨貓回過神來的時候，機械人已經站在了他和氣球人的身後。

小笨貓驚愕地連吞三口唾沫。

「另外還有救護型——『聖行者』、支援型——『電光流雲』、偵察型——『風語密諜』！」幻牌卡佩得意揚揚地連續打着響指，機械人一個接一個地從半空中打開的櫃子裏跳了下來，站在他們的面前。

「嘿，想要跳支舞嗎？」「電光流雲」的身體竟是由無數黑色的納米球形小機械人構成，它們像蜂羣般在小笨貓面前飛快聚攏，組合成一個女性體態的機械人，一眨眼小機械人們又分散開去，在氣球人旁邊組合成一個體形比它大一倍的黑色「氣球人」……

「或許你們需要的不是舞蹈，而是食物和能量。」

「聖行者」的頭頂有兩條像頭冠羽毛般的金屬鏈條，它舉起手中的一根金屬棒，朝氣球人發射出一道暖黃色的光。小笨貓驚訝地看見氣球人的頭頂上跳出一行文字：

> 充電結束，電量已滿。

「謝謝。」氣球人對聖行者說。

聖行者叉起腰，將金屬棒扛在自己的肩上。

「那……偵察型的『風語密諜』……」小笨貓困惑地東張西望，他並沒有看見這個機械人的身影。

「你在叫我嗎？」空氣中響起一個聲音。接着，一張銀白色的機械人臉出現在半空中，然後是它的機械身體和四肢……半秒鐘後，一個四米多高的機械人，竟從空氣中「變」了出來，熒綠色的機械眼傲慢地打量着小笨貓，「探測到你身體的激素水平和大腦皮層活躍度變化，結果顯示，你想把這裏所有的機械人全都帶走，卻苦惱沒有足夠的錢。」

小笨貓驚訝地摸了摸自己頭和胸口：「它簡直就像會讀心術！」

「還不錯，對吧？」幻牌卡佩沖小笨貓擠了擠眼睛，「但所有的一切加起來，都比不上它——」他指向倉庫最

中央那個戰損機械人，驕傲的聲音在空間裏迴響，「這是我最新的收藏，銀翼聯盟排行榜上無法撼動的第1名，傳説級機甲——星海戰神，被譽為星系最後的機甲戰士！高50.73米，重1792噸，操作系統：土星9.6。歿於第三次火山灰戰爭。」

他陶醉得直搖頭，「雖説是戰損復刻版，但我仍然幾乎傾家蕩產，才買來它半個身體……」

「星海戰神……沒想到我這輩子，居然有機會看見它！」小笨貓難以置信地挪動着腳步，朝聖般走向星海戰神，激動的眼淚就像火山噴發的熔岩滾滾而下，他渾身發燙，顫抖不已。然而，他剛走幾步，身體突然重重地撞在了一堵看不見的牆上。

「哎喲！」小笨貓揉着額頭，痛苦地噘起了嘴，「怎麼回事？」

「這間收藏室和裏面的機械人都是全息影像。」氣球人淡定地解釋。

「你知道的還真不少。」幻牌卡佩翹起一邊嘴角壞笑，「我可不會蠢到帶着收藏的寶貝到處跑，惦記它們的人可多着呢！如果想要購買我的收藏，只能先付費預訂。普通機甲下單後要等待三四年，而且還難免跳票。高級機甲要等待近十年……」

小笨貓滿臉遺憾地望着星海戰神，感到它如夢一般遙

不可及。

「用不着失望，小朋友，你等得起。」幻牌卡佩瞟了一眼小笨貓手中裝着黑金甲蟲的玻璃罐，「既然我們有緣認識，讓你多看一點兒好料也無妨。」他用手在眼前輕點了一下，空中出現一個金黃色的全息控制面板，發出一個女性人工智能音：「啟動『幻牌CS6T引擎』描圖系統，切換當前場景為星海戰神D類戰鬥錄像。」

收藏室瞬間變成了暴雨傾盆的山谷，巨大的星海戰神站在山谷中，正與一個體形和它不相上下的智能機械恐獸展開殊死搏鬥。

小笨貓難以置信地瞪大眼睛。

機械恐獸齜牙咧嘴地在附近移動。在它醜陋的金屬臉上，機械獨眼閃爍着灰白色的光。忽然，它高高跳起，朝星海戰神撲了過去！

「A——DOO——」星海戰神大聲怒吼，毫不躲避地正面迎敵，力道十足地抓住了機械恐獸的鋼爪，與它角力、扭打起來。這時，恐獸突然將佈滿鋼刺的尾巴甩向星海戰神，星海戰神側身躲過，順勢把恐獸頭頂上的金屬犄角打斷了，恐獸發出了怒吼……

小笨貓的心都快從嗓子眼兒裏跳出來了。

機械恐獸準備發動第二次進攻。星海戰神胸口處發射出一束橙紅色的離子炮，眨眼的工夫，恐獸便被離子炮

擊中，在劇烈的爆炸聲中灰飛煙滅了，整個收藏室裏迴響着星海戰神震耳欲聾的狂吼：「A——DOO——RA——KI！」

影像漸漸隱去了，周圍的場景變回了剛才那間收藏室。

小笨貓激動得直喘粗氣。

「真是好傢伙！」幻牌卡佩的聲音在顫抖，「遺憾的是，星海戰神在最後的那場戰鬥中，為了保護人類科學家而選擇犧牲自己，準確地説，這是駕駛員的選擇。」幻牌卡佩摘下航海帽致敬，露出一頭亂髮，又鬱悶地撇了撇嘴，「那個駕駛員的遺體至今都沒有被找到，沒人知道他的身分。」

「它攻擊的時候，為什麼要叫『A——DOO——RA——KI』？」小笨貓困惑地問，他望着星海戰神冰冷堅硬的鋼鐵身體，興奮得血液都要沸騰了。

「關於這個，目前還沒有準確的説法。」幻牌卡佩聳了聳肩膀，説道，「流傳最廣的説法是：『A——DOO——RA——KI』是星海戰神的程序設計師家鄉的語言，意思是『鐵甲神兵』。不過據我所瞭解，地球上並沒有哪個國家或地方的語言，套得上這個解釋。」

「A——DOO——RA——KI——」小笨貓仰望着星海戰神熄滅了光芒的機械雙眼，彷彿想要得到它的回應

般，出神地喃喃自語。

「好了，小朋友！」幻牌卡佩突然提高了嗓音，怪笑着摩挲手掌，「你已經看了這麼多機械人，咱們該談談生意了。給你那瓶小甲蟲開個價，看在我們也還算熟的份上，打個五折怎麼樣？」

小笨貓愣了愣，突然回過了神。他看了一眼玻璃罐中的黑金甲蟲，它們似乎變得更加暴躁了，正激烈地撞擊着瓶身，發出咔嗒的響聲。

「啊，對了，」幻牌卡佩貪婪地瞟了一眼旁邊的氣球人，露出「慈祥」的笑，「如果你願意，我可以順便收了這個保姆衛士，幫你節省不少電費。」

氣球人的頭頂上，虛擬文字飛快地轉着圈。

> 🚗 拒絕。

「卡佩店長，它並不是我的機械人，我無權把它轉手。」小笨貓掙扎着，苦笑了一下，然後從口袋裏掏出了一塊破損的晶片，「如果可以，我想用這瓶機械蟲子，抵扣這塊芯片的修理費。」

「只要修理晶片？你說的是真的？」幻牌卡佩狐疑地將臉湊到小笨貓面前，一把拿過晶片，熟練地摩挲了

兩下，然後用手指在空中拉開一個虛擬信息框，飛快地念着，「小牛四號，保姆級機械人……」他鬱悶地皺起了鼻子，「它的系統、功能、程序，還有設計，早就被淘汰了。這麼一個毫無價值的破舊玩意兒，應該直接扔進垃圾堆裏。」

「小牛四號是我的朋友，我答應過要修好它。」小笨貓解釋道，他轉念一想，「卡佩店長，據説『猩紅之眼·機械人店』在月光街赫赫有名，您作為店長，不會連塊普通的晶片都修理不好吧？」

「沒有的事！」幻牌卡佩生氣地説，眼珠轉得飛快，「這種簡單的晶片，直接克隆一塊就行。你等着！」

收藏室突然消失不見了，小笨貓和氣球人此時正站在一間20平方米左右的低矮房間裏。這裏光線昏暗，一個古舊的圓形燈泡從天花板上垂落下來，上面掛滿了蜘蛛網。房間四周亂糟糟地堆滿了各種古怪儀器。一張金屬的機器修理臺上，放着許多造型古怪的修理工具。坑坑窪窪的地板上到處都是廢棄的

金屬零件和垃圾。整個房間看起來就像一個金屬垃圾回收站。

「您的風格跟我爺爺還真像……」小笨貓驚奇地說。

「那你爺爺還真是榮幸。」幻牌卡佩不快地衝小笨貓挑起眉毛。他捏緊蘭花指，踮着腳在散落滿地的舊零件間蹦跳，最後站在了一台造型像古董複印機的機器前。

他手舞足蹈地忙活着，飛快地敲擊面前一個全息屏幕上的複雜按鈕，嘴裏含混不清地念叨着：「材料普通，程序普通，普通、普通！可惡，我最討厭普通的東西！」

氣球人好奇地觀察着幻牌卡佩，它的綠色電子眼飛快閃爍着。小笨貓走到那張舊修理台前，發現扔在上面的那些奇怪的修理工具，老沐茲恪大部分都有。

「等等——」幻牌卡佩突然聲音低沉地說。

小笨貓和氣球人一齊困惑地看向了他，只見幻牌卡佩將臉湊到全息屏幕前，眉頭緊皺地查看上面的一串數據，嘴唇動得飛快，似乎在念叨着什麼。接着，他毫無預兆地轉過頭，一雙眼神經質般地睜得老大，驚奇地望着小笨貓：「小子，你這個保姆機械人是哪里弄來的？它的晶片裏怎麼會有『情感模擬程序』？」

「它是我從天網上買回來的二手保姆機械人。」小

笨貓摸不着頭腦地眨了眨眼睛，「情感模擬程序？那是什麼？」

「情感模擬程序，是一個能讓機械人學習和模擬人類情感的程序，被定為『S級禁忌系統』。這個程序的編寫者，已經被列為人類聯盟的頭號通緝犯。」氣球人平靜地説。

小笨貓恍然大悟。原來自己過去與小牛四號的相處中，無論是夜深人靜時的互相陪伴，還是小牛四號不受遙控手柄的控制捨身保護他，都是因為小牛四號擁有情感模擬程序！這意味着，他和小牛四號是真正的好朋友！

「人類為什麼不允許機械人擁有感情？」小笨貓難以理解地問。

「孩子，你要知道，無論是體格還是智慧，智能機械人都已經超越了人類。它們是強大的武器和工具，可以幫助人類完成許多超越人力極限的事情。」幻牌卡佩目光銳利地望着小笨貓，「但如果智能機械擁有了情感，產生自我意識，它們便會成為人類巨大的威脅，人類與智能人歷史上的三次火山灰戰爭足以説明這點。目前，智能人帝國的女王下落不明，統領瑞雅已經在第三次火山灰戰爭中和星海戰神一起消失了，但智能人帝國從沒放棄推翻並且取代人類的念頭，一心想成為世界的新主人。」

　　小笨貓目瞪口呆，他從來沒有想過，小牛四號有一天可能會進化成邪惡智械，並且傷害自己。氣球人的電子眼幽幽地閃爍着。

　　幾秒鐘後，小笨貓輕輕地歎了一口氣。他看着破損的小牛四號晶片，自言自語道：「人們都說，邪惡智械很殘暴，機械人也不可能和人類做朋友。可是發明機械人並教會他們戰鬥的，不正是人類嗎？機械人就像看着人類背影長大的孩子，如果給它們更多的關心和引導，它們難道不會給人類更大的幫助嗎？」

　　幻牌卡佩露出驚訝的神色，但很快又恢復了嬉皮笑臉的模樣：「自從智能人帝國成立後，你是第二個提出這種大膽想法的傢伙。至於第一個嘛，早就化成灰嘍！」

　　「拿去吧！」幻牌卡佩將一塊嶄新的晶片扔到小笨貓的手上，「幻牌卡佩親自為你克隆的晶片，所有信息和記錄都已經恢復如初，順便還把之前受損的程序全都修復了。」他驕傲地高高揚起鼻子，「一手交錢一手交貨，把你的蟲子交出來吧。」

　　「成交！」小笨貓爽快地將裝着黑金甲蟲的玻璃罐交到了幻牌卡佩的手中。

　　「好了，你們走吧！我要一個人好好研究這些小可愛。」幻牌卡佩如獲至寶地盯着瓶中的黑金甲蟲，不耐煩地驅趕小笨貓和氣球人，「沿着原路走，門口的蜘蛛會送

你們出去的。」

　　小笨貓收起晶片，開心地和氣球人一起推開大門，離開了機械人收藏室。

　　收藏室的破舊鐵門在小笨貓和氣球人的身後重新關閉了。幻牌卡佩將裝有黑金甲蟲的玻璃罐舉到燈光下。垂吊在天花板上的球形燈泡發出咔嚓細響，它的燈罩、燈體和螺口快速分離——一秒鐘後，燈泡變形成一個發光的小機械人，伸長連接它的電線，探到了玻璃罐邊，發出嗖嗡聲響，一行行橙黃色的全息文字出現在它的旁邊——

> ⚠ 藏品名稱：裂變蟲 K97。
>
> 狀態：殘體。
>
> 介紹：本體為獵戶星座隕石打造，為智能人帝國統領——「裁決者」瑞雅的超級武器。
>
> 分析：收藏價值 SSS 級。
>
> -系統訊息-

　　「我今天真是賺大了，居然用克隆一塊破晶片的費用，換到了裂變蟲K97的殘體！它的完全體戰鬥力和星海戰神不相上下！不，說不定比星海戰神更強大！」幻牌卡佩欣喜若狂地自言自語，朝緊閉的破舊鐵門望了過去，「那小子完全不知道裂變蟲K97的價值……他是怎麼把這

個超級智能武器弄到手的？」

幻牌卡佩自言自語的時候，他手中玻璃罐裏的黑金甲蟲身體亮起了刺眼的紅光。燈泡機械人趕緊縮回到天花板下方。幻牌卡佩突然感覺玻璃罐像燒紅的鐵塊般滾燙，他下意識地鬆開了手，玻璃罐頓時掉落在地上，摔得粉碎！重獲自由的黑金甲蟲們，用極快的速度湧向房間角落處的一個破洞，幾秒鐘不到的工夫，便消失在了房間裏。

房間裏迴響起幻牌卡佩的驚叫聲：「我的收藏——小可愛！快回來！」

而在破舊的房間外，黑金甲蟲們如黑色的流水，在人聲嘈雜的猩紅之眼·機械人店中穿梭。它們飛快地互相連接、變形成機械蠍子，發出金屬碰撞的叮噹脆響，所到之處，引得人羣爆發出陣陣驚慌失措的叫喊聲。機械蠍子對周圍的人全然不顧。它快速躥出猩紅之眼的大門，搭乘電梯來到月光街擁擠的街道上，亮着紅光的機械眼前後伸縮，掃描着周圍的人羣，很快便發現了小笨貓和氣球人的蹤影。機械蠍子眼前的虛擬顯示屏上，顯現出一行紅色的全息文字：

⚠ 已定位嫌疑人。
定位信息發送至利爪傭兵團。

此時，小笨貓和氣球人一前一後走出了弧光電磁雲梯，匆匆穿行在人羣中，絲毫沒有察覺到危險正在臨近。

「真奇怪，現在已經是午夜了，我為什麼一點兒都不睏？」小笨貓驚奇地説。他順路貨比三家，買了些修理小牛的必要零件，價格的確比在外面便宜許多，而且店家承諾四十八小時之內會委託飛行器送貨上門。

「月光街漲潮開市，退潮閉市，因此生命感知系統自動在空氣中散播了可以提神醒腦的活效分子。」氣球人解釋。

它突然停下腳步，伸出胳膊指着不遠處的一家店鋪，説，「即將到達目的地，前往購買細胞修復液。」小笨貓抬起頭，發現那是整條街道上裝飾最為華麗的店鋪。整個門臉都金光燦燦的，不時有銀光灑落，約六米高的AR影像——一個抱着水瓶的憂鬱女子的半身像矗立在那裏。她的外貌在十八歲到八十歲之間飛快地輪換着，冷漠的雙眼凝望着一路上川流不息的人羣。一行金色的文字在人像旁旋轉顯示：

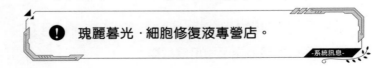

！ 瑰麗暮光·細胞修復液專營店。

-系統訊息-

「我不明白，作為機械人，你為什麼會需要細胞修復液？」小笨貓不解地問。

「涉及主人機密，拒絕透露。」氣球人嚴肅地説。

「好吧，原來又是你主人需要的東西。」小笨貓揚了揚眉毛，「不過老兄，總有一天我會揭穿你主人的所有秘密。」小笨貓壞笑着説，和氣球人一起擠過人羣，朝細胞修復液專營店的方向走去。

這時，他們頭頂上空響起了發動機的轟鳴聲。

小笨貓和行人們紛紛抬頭看去——三艘黑色的小型飛船，彷彿獵食的饑餓夜鴉般盤旋飛行着，機尾噴射着刺眼的藍光。

「是利爪傭兵團！」人羣中響起一聲聲驚慌的喊叫。一個身穿皮夾克的光頭壯漢，仰頭怒視着正在緩緩下降的飛船隊，雙拳攥得嘎巴直響：「我要替鏽水鎮的鎮民們討個公道！」

周圍的行人們噤若寒蟬，紛紛退避。

許多店鋪直接關上了門窗，然後如同關閉抽屜一般紛紛縮回到路邊那幢巨型黑色煙囱建築物裏。

「糟糕，看來這裏要出大亂子了。」小笨貓緊張地屏住呼吸。他看了看停放戰隼飛行器的方向，準備找機會跑去那裏，眼下的情況可不是優哉遊哉買東西的時候。氣球人的電子眼飛快閃爍着。

然而，前往停機坪的路線很快便被切斷了——

領頭的飛船噴射着藍火，降落在路面的中央。另外兩艘略小的飛船，如同保鏢般懸浮在它的身後。慌亂的人們驚呼着互相推搡，小笨貓和氣球人被人潮擠到瑰麗暮光・細胞修復液專營店店舖的門口……

第 5 幕・結束

哈哈

第 6 幕

極速追逐

　　飛船艙門赫然洞開。

　　一個身材枯瘦的青年男子，從艙門內緩緩走了出來。
他裹着黑色的皮外套，焦黃的頭髮如稻草堆般向上豎起，
枯瘦尖細的臉頰上，一雙眼睛閃着餓獸般的光。

　　在他的身後還跟着一個兩米多高的巨漢智能人，面容
醜陋。

　　「吸鐵石發來的定位就是這裏，馬上給我搜！」黃髮

男青年暴躁地叫着，十幾個獨眼智能機械兵從他身後的兩艘小飛船上跳下來，在路邊分列兩隊，舉起激光槍瞄準周圍的人們。

「爆狐！你來得正好！」之前的光頭壯漢走出人羣，怒氣沖天地大吼，「你一夜之間摧毀了鏽水鎮的一切！我今天要為鏽水鎮報仇！」

光頭壯漢説着，啟動了手臂上粗糙的外骨骼機甲。幾秒後，他變裝成「水獺戰士」的形態，怒吼着朝爆狐衝了過去。然而爆狐卻只是毫不經意地抬起一隻手，便掐住了壯漢的脖子，並且輕而易舉地將他舉到半空中。

水獺戰士臉色慘白，痛苦地抽搐着。

「穿件三流的外骨骼，也敢擋我的路？」爆狐輕蔑地打量着壯漢，臉上的笑容陰險而狡詐，「我爆狐毀掉的村莊數不勝數……鏽水鎮？真沒印象。多半是個無聊的地方。」他説完，用力將水獺戰士重重地砸在地上。

水獺戰士卻毫不退縮，掙扎着從地上爬起來，飛蛾撲火般地衝了上去。人們一下子退縮到角落，驚駭地觀看着這場戰鬥。

「戰鬥力還不及我的零頭——」爆狐不耐煩地哼了一聲，突然用力展開雙臂，手臂上伸展出兩柄激光長刀，他的黑色皮外套被展開的刀鋒劃破，碎片掉落在地上，「今天就陪你玩玩！」

　　小笨貓倒吸了一口涼氣，發覺這個爆狐並不是普通人類，而是一個智能人——擁有酷似人類的面孔，但身體卻是由冰冷的鋼鐵機械構成。

　　智能人在半空中摩擦了兩下激光長刀的刀鋒，刮擦出一長串火花。他的動作迅疾如風，揮刀朝水獺戰士劈砍過去——一個聲音突然響了起來，令他的動作驟然停止。

　　「爆狐團長，辦正事要緊。」魚骨辮女智能人冪砂從人羣中走了出來，站在了爆狐的身後，「別忘了，奧茲曼博士還在等我們的消息，他交代過要低調行事。」

　　爆狐收起激光刀，轉身將水獺戰士一拳擊倒。

　　「嘖，浪費我的時間。」他撇撇嘴，一邊披上巨漢智能人遞過來的嶄新的紅外套，一邊嘀咕，「可惡，這個月已經弄壞三十六件衣服了！對了，是這個蠢傢伙先違反月光街的規定吧？把他弄去『生命回收站』！」

　　一個智能機械兵走上前，拖着壯漢朝月光街路口的方向走去。其餘的智能機械兵一擁而上，把路邊的幾十個人，包括小笨貓在內，全都扣押了起來，將他們困在瑰麗暮光・細胞修復液專營店門口。

　　「吸鐵石發送的定位信號很模糊，不過目標多半就在這羣人裏，把她找出來。」冪砂語氣冰冷地説。

　　小笨貓嚇得大氣都不敢出，悄悄地躲在人堆後面。沒

過一會兒，剛才趁亂進店買東西的氣球人，和另外兩名顧客，以及一名店員被粗魯地推到店鋪外，跟其他的「嫌疑人」擠在一起。

女智能人冪砂打量着人羣，忽然，她的目光落在了縮着脖子的小笨貓和氣球人身上。她狐疑地緊皺眉頭，腦後的魚骨辮再次向上浮游起來。

小笨貓躲閃着冪砂的目光，緊張得快要沒辦法呼吸了。他萬萬沒想到，居然會在這裏再次遇見這個女智能人，更沒想到她和殘暴的爆狐居然是一夥的！不僅如此，小笨貓總覺得爆狐鋒利的眼神幾次從自己的臉上掃過……他越想越害怕，在人羣中默默向後退……

氣球人警惕地注視着爆狐的一舉一動。

然而就在這時，人羣外突然傳來一個大叫聲：「臭小子，總算找到你了！快把我的小寶貝黑金甲蟲交出來！」

小笨貓吃驚地和氣球人一起轉頭看去，發現幻牌卡佩正帶着幾個猩紅之眼的機械人保安，氣急敗壞地擠過人羣朝他沖了過來。

「黑金甲蟲？」爆狐皺了皺眉，瞪着沖過來的幻牌卡佩。

「沒錯！」幻牌卡佩氣得鬍子都翹起來了，「這臭小子剛賣給我，黑金甲蟲就逃跑了！多半是他使詐！」

「卡佩店長，不關我的事！」小笨貓焦急地解釋，

「那些黑金甲蟲不是在玻璃罐子裏嗎？怎麼會跑掉？」

「那個罐子突然變得燙手得很，我不小心把它給砸了！」幻牌卡佩怒氣沖沖地説。

「注意。」氣球人拽了一下還想爭辯的小笨貓，電子眼正在漸漸地變成紅色。小笨貓朝旁邊望去，發現爆狐正狂喜地盯着他，彷彿要將他生吞活剝似的。小笨貓汗毛直豎。

「竟然賣奧茲曼博士的裂變蟲K97……你好大的膽子！」爆狐發出一陣怪笑，「不過，我喜歡！小傢伙，説出陳嘉諾的下落，我就饒你不死。」

「陳嘉諾？」小笨貓疑惑地重複，腦子裏亂成一團，「抱歉，您提到的這個人，我並不認識！」

氣球人的電子眼在飛快閃爍着。

幻牌卡佩頓了頓，恍然大悟般地睜大眼睛，臉色慘白地自言自語：「壞了……剛才氣得頭腦發熱，沒想到居然和那丫頭有關……」

「還不承認？」冪砂朝小笨貓冷哼了一聲，「吸鐵石接受的指令，就是抓捕陳嘉諾。既然它在你身邊，就算你不是陳嘉諾，也和她脱不了關係。」

「少廢話！」爆狐暴躁地叫嚷道，「灰熊，先把他抓起來再説！」

「順便檢查一下旁邊的那個機械人。」冪砂警惕地看

着氣球人,「把它的晶片取出來,好好檢查一下五天內的記憶影像。」

巨漢智能人灰熊帶着幾個智能機械兵朝小笨貓和氣球人圍了過來。小笨貓想要逃跑,然而早已經被周圍另一隊智能機械兵包圍住,他和氣球人已經無路可逃。

氣球人的電子眼變成了刺目的鮮紅色,頭頂上飛快旋轉起一行全息文字:

> 🚗 **偵測到高等級威脅,啟動最高級防衛模式!**

完蛋了嗎?小笨貓害怕地暗想,就算氣球人有激光槍,一下子也對付不了這麼多智能人。

砰的一聲悶響,一枚菱形橙色子彈突然擊中了一個朝小笨貓和氣球人走去的智能機械兵,智能機械兵應聲倒在地上,沒有了動靜。

人羣驚愕地朝子彈發出的方向望去——幻牌卡佩正站在那裏,吹了吹從手中那把槍口裏冒出的白色輕煙。猩紅之眼的機械人保安們手持武器列隊站在他的身後。

「小智能人,你們有什麼恩怨我不管。」幻牌卡佩輕蔑地冷笑,用眼角瞟着爆狐和他的同夥,「月光街可不是你們鬧事的地方,而且那小子還欠我東西,你們無權帶走他。」

「嘖，好管閒事的傢伙……下場只有一個！」爆狐惱怒地劃碎了剛披上的新外套，將兩柄激光長刀刮擦得刺刺作響，「小鬍子，我倒要看看你有什麼本事，敢叫我『小智能人』！」

幻牌卡佩收起手槍，從腰間抽出了一柄橙紅色的激光劍。爆狐尖聲大笑着，揮舞激光長刀便朝幻牌卡佩劈過去。

幻牌卡佩靈巧地左躲右閃，趁着爆狐的一個空檔，手握激光劍朝他的肩膀刺去。

爆狐的肩膀瞬間被激光劍刺穿，並且熔出一個拳頭大小的窟窿，裏面電光閃爍。

「啊哈！打得不錯！」爆狐癲狂地大笑着，「我已經很久沒有玩得這麼盡興了！」他說完，再次朝幻牌卡佩衝了過去。

冪砂望着爆狐和滿地的碎衣服，無奈地歎了口氣：「灰熊，爆狐又玩上癮了。你們先去把那小子和機械人抓起來再說。」

灰熊點了點頭，快步朝小笨貓和氣球人走去。猩紅之眼的機械人保安們突然衝上前，擋在了灰熊和智能機械兵們面前。

「臭小子，還發什麼愣？跑！」幻牌卡佩從爆狐壓在他激光劍上的長刀下轉過頭，大聲催促。小笨貓愣了

愣，回過神後，轉身便和氣球人一起朝飛行器的停放點狂奔過去，身後接連不斷地傳來激烈的爆炸聲和金屬撞擊的聲音。

一道道綠色的激光如箭雨般朝小笨貓和氣球人飛來。

小笨貓不幸被一道激光劃破了鞋子，露出了一小截兒腳趾。

氣球人也跑得跌跌撞撞，只是那些激光似乎無法穿透它特殊材質的身體，只在上面留下了一個個芝麻粒大小的黑點。

「想跑？可沒那麼容易。」冪砂冷笑一聲，從機械腰包裹拿出一枚金屬彈珠。她將彈珠捏在手指尖上，直到彈珠發出刺目的紫光，才將彈珠朝小笨貓扔了過去。

小笨貓並沒察覺到一枚發光彈珠正飛速射來。他驚慌失措，只顧朝着停機坪方向奔跑。

「當心！」氣球人突然大喊一聲，轉身擋在了小笨貓的身後。

發光的彈珠不偏不倚地射中了氣球人圓滾滾的肚皮。氣球人向後彎腰，下一秒鐘，它充滿彈性的身體竟然將發光彈珠反彈了回去。發光彈珠在冪砂驚訝的目光中墜落，轟然爆炸！

爆狐顧不上和幻牌卡佩較量，趕緊抓住兩個機械人保安，像盾牌般擋在身前，將冪砂和灰熊護在身後。

「發生了什麼事？」小笨貓驚愕地看向身後。

「那名女智能人可以將金屬轉化為炸彈。」氣球人小聲説，「只是剛才她發射的一枚小炸彈，威力還不足以突破鴻鵠防禦盾XP的防禦。」

「那個機器胖子有兩下子。」爆狐用舌頭舔了一下嘴唇，「把它一起帶走！」

「是！爆狐團長！」冪砂和灰熊大聲回答。

「臭小鬼，沒人告訴過你，跑路的時候要『腳底抹油，絕不回頭』嗎？！」幻牌卡佩氣急敗壞地大喊，他臉

色黑漆漆的，航海帽歪到了一邊。

「我現在知道了！」小笨貓飛快衝到停機坪旁，和氣球人分別跳上了一架飛行器。

而在停機坪的角落，機械蠍子早已經等候在那裏。它飛快地朝小笨貓所搭乘的飛行器爬去，牢牢地吸附在了機翼的下方。

「沐恩……」氣球人似乎有所察覺，電子眼不停閃爍。

「怎麼？去安全的地方再説！」小笨貓心急火燎地叫着，啟動飛行器朝月光街的出口急速飛去。氣球人的飛行器快速跟了上去。

再次與幻牌卡佩纏鬥在一起的爆狐抬起頭，朝正在逃跑的小笨貓和氣球人惱怒地撇了撇嘴。灰熊將一個被擊毀的機械人保安扔在地上。

「別讓他們逃了！追上去！」冪砂對一旁的智能機械兵大聲命令。智能機械兵們正想返回飛船，幻牌卡佩帶着剩餘的機械人保安們擋住了他們的去路。

「你們哪兒也別想去。月光街今天出這麼大亂子，尼奧艦長問起來，總要有個背鍋的……我看，就選你們了。」幻牌卡佩壞笑着説。

爆狐用舌頭舔了一下嘴唇，雙眼亮起狂熱的光：「既然如此，今天我就奉陪到底！」

「爆狐團長，如果讓他們離開月光街，今天的搜捕就功虧一簣了。」冪砂焦急地低語。

「用不着擔心。」爆狐得意地冷笑，「吸鐵石剛才發來信號──如果他們逃到公海，那裏可有一場大戲在等着他們呢！」

在爆狐的狂笑聲中，利爪傭兵團和幻牌卡佩及他的機械人保安們再次纏鬥起來。但仍有幾名智能機械兵們脫出戰圈，跑向飛船。

而在月光街的半空中，戰隼飛行器載着小笨貓和氣球人在一幢幢建築間急速穿梭。可不一會兒，小笨貓轉過頭，發現利爪傭兵團的三艘小飛船已經兇神惡煞地追趕在他們身後，而且速度似乎比他們的飛行器快許多。

「如果甩不掉它們，我們會被追上的！」小笨貓焦急地大叫。飛行器轉彎，載着他們從兩幢間隔不到十米的建築間驚險穿過，十幾條紅色鯉魚的AR影像正搖擺着尾巴從縫隙間的地面游向天空。

「已破解自動駕駛程序。開啟手動駕駛模式。」氣球人不緊不慢地説道。兩個飛行器的前端各自打開一個暗格，從中升起一個方向盤。氣球人駕輕就熟地握緊方向盤，突然加速向前衝了出去。

小笨貓的飛行器失去了方向，開始在半空中胡亂打着旋。他迷亂地抱着頭叫喊：「喂！我怎麼辦？手動駕

駛──我可沒駕駛過飛行器！」一道道激光在小笨貓的身後交織。

他驚慌失措地胡亂搖動着方向盤，眼看就要撞到前方的一幢建築上了。

「啊──快躲開！」小笨貓驚聲大叫，下意識地用力轉動方向盤。就在他即將撞到高樓上的一剎那，飛行器突然90度急轉彎。小笨貓驚險地擦過牆面，穿過了一個浮在空中的方形金屬隧道──那竟是一個空中餐廳，一羣機械混種人和智能人在不停飄灑金幣雨的AR影像中，熱烈地交談、嬉鬧着。

小笨貓長長地吁了一口氣。他漸漸掌握了駕駛技巧，感覺和在銀翼聯盟虛擬競技場中駕駛飛行器差不了太多。

「沐恩，你很有駕駛天賦。」氣球人遠遠地說。

「謝謝……不過現在可不是誇我的時候！」小笨貓驚慌地叫喊。利爪傭兵團的飛船不停地攻擊，小笨貓和氣球人靈巧地閃避，然而鄰近的大樓和維修機械人則沒這麼好運了，飛船的火力甚至還擊中了在半空中穿梭運行的智能透明電梯。

劇烈的爆炸聲和刺眼的火光在月光街上空閃現。

小笨貓和氣球人一起操控飛行器轉向，朝月光街的出入口──巨型金屬鯨魚顱骨的「眼睛」飛去。

　　呼嘯間，小笨貓和氣球人就離開了月光街，回到了蒼茫的大海之上。

　　此時，天空已經微亮，墨藍色的海面猶如仍在酣睡的巨獸，微微起伏着。

　　小笨貓心有餘悸地轉頭看了一眼身後，發現智能人的飛船並沒跟過來，他驚慌的臉上浮現出笑容。

　　「我們把那些傢伙甩掉了！」小笨貓開心地大喊，「他們開着高級飛船，卻追不上我們的飛行器！」

　　「沐恩，危險還沒有結束。」氣球人駕駛飛行器和小笨貓並駕齊驅，「恐怕還有更大的危險在等着我們。」

　　「什麼意思？」小笨貓難以理解地皺緊眉頭。

　　在小笨貓的飛行器下方，機械蠍子的紅色機械眼在急速閃爍着，並且發出嚶嚶嗡嗡的聲音，似乎在召喚着什麼。

　　「我好像聽見了什麼奇怪的聲音！」小笨貓疑惑地說，耳邊迴響着尖銳的電流聲。

　　「它們來了。」氣球人望着飛行器下方的海面低語。

　　小笨貓低頭望去，發現周圍的海面下出現一片片烏雲般的黑影。這些黑影從四面八方急速湧來，飛快地融合，不到一會兒便聚合成了一個龐然大物，在前方不遠處的海面下浮游，看上去像一頭深海巨鯨，並且距離水面越來

近了。

就在這時，平靜的海面突然掀起了巨浪，一個十幾米高的巨型機械怪獸發出震天撼地的怒吼聲，如一座山峯般從海面下升起。

它青黑色的金屬身體像巨型蜥蜴，金屬頭顱猶如變異的犀牛，嘴和眼睛裏閃爍着猩紅色的光。兩個金屬大螯在揮舞，身後還甩動着幾條帶着尖刺的機械長尾。

「這是什麼鬼東西？」小笨貓恐慌地叫喊，聲音被怪獸的嘶吼和海浪的巨響湮沒。海水鋪天蓋地朝他和氣球人撲來，將他渾身浸得透濕。

「緊急防衛模式開啟。」氣球人的電子眼變成了鮮紅色，它抬起一隻手臂，朝機械怪獸發射出一道道激光。

然而這些激光擊打在機械怪獸的身上，就像一道道軟綿綿的水柱，毫無傷害力。

機械怪獸嘶吼着，揮起一個巨大的金屬螯，朝氣球人的方向攻擊過去。

氣球人側身躲開，它的戰隼飛行器卻被機械怪獸的大螯砸斷，氣球人飛速地向海面墜落。

「白雲衞士！」小笨貓慌忙操縱飛行器，急速朝下飛去。他像一條靈巧的飛魚，避開了機械怪獸的攻擊，在距離海面不到半米的地方，不偏不倚地接住了掉落的氣球人。

臨近海面，小笨貓才發現，組成機械怪獸身體的，竟是無數隻黑金甲蟲，和曾經被他關在玻璃瓶中的黑金甲蟲一模一樣！這些黑金甲蟲互相連接，並且上下攀爬蠕動，發出咔嗒聲。

小笨貓駕駛飛行器，載着氣球人急速朝上空飛去。機械怪獸就像在驅趕蒼蠅般揮動巨螯，不停地朝小笨貓和氣球人猛攻。

「這些黑金甲蟲是哪裏來的？」小笨貓一邊吃力地駕駛戰隼飛行器躲閃，一邊大聲尖叫。

「恐怕是你飛行器下面的吸鐵石殘片把它掉落在海裏的同伴全都召集過來了。」氣球人坐在小笨貓身後，高聲回答。

「飛行器下面？」小笨貓側身朝下探頭，發現機械蠍子果然吸附在機翼下方，機械雙眼閃爍着紅光！

「根據掃描分析，構成這只機械蠍子的黑金甲蟲，就是吸鐵石的中樞核心。」氣球人說，「之前吸鐵石在這片海灣上空戰鬥時被擊毀，中樞核心受到損傷，因此一直潛伏在廢鐵鎮。目前看來，它的損傷已經修復完成，於是召回了散落的甲蟲。現在你所看到的，就是裂變蟲K97的聚合形態。」

「現在怎麼辦？可以直接說結果嗎？」小笨貓着急地大喊。機械怪獸吸鐵石正揮動着一條機械長尾抽打過

來。

　　小笨貓用力轉動方向盤，飛行器驟然向下俯衝！他們貼着海面滑行了一小段，然後急速地升高了一截兒。剛才的動作若慢半秒，他和氣球人恐怕早就已經變成機械怪獸的盤中餐了。

　　機械怪獸很快便追趕了上來，繼續不停猛攻。儘管小笨貓吃力地左躲右閃，飛行器的尾翼還是被機械怪獸的大螯毀了一大半！

　　「這樣下去，飛行器堅持不了太久！」小笨貓大喊。

　　「目前唯一的辦法，是消滅吸鐵石的中樞核心。」氣球人說，「這樣吸鐵石將會被再次解體。」

　　「對了，它怕酸！」小笨貓眼前一亮，彷彿看到了希望。

　　「目前有酸性物質的地方只有——」氣球人喃喃地說，「飛行器。」

　　「只能這樣了！」小笨貓一咬牙，「反正這樣下去，飛行器遲早會被毀。你說，我們跳海有問題嗎？」

　　「在這個高度，沒有意外的情況下，存活率97%。」氣球人回答。

　　「就這麼辦！」小笨貓猛地將方向盤轉向，戰隼飛行器在半空中掉頭，對準了身後的機械怪獸。

機械怪獸再次揮舞兩個巨螯，朝小笨貓和氣球人攻擊過來！

小笨貓將飛行器的功率鎖定在最大擋位，在洶湧的海面上向前疾馳，掀起了一片白色水浪。未知的危險，令小笨貓的腎上腺素飆升，呼吸也變得越來越急促，他卻同時感到異常的興奮和刺激。

當他們距離機械怪獸不到二十米時，小笨貓咬牙大喊：「就是現在！」緊接着，他和氣球人同時縱身一躍，跳向大海。

而飛行器轟鳴着繼續朝機械怪獸沖了過去。

氣球人在半空中抬起手臂，瞄準飛行器，發射出一道激光。當小笨貓飛快地向海面墜落時，他親眼看見飛行器衝進機械怪獸的大嘴，就在那一刹那——激光射中了飛行器，飛行器在機械怪獸的身體裏爆炸了！

機械怪獸發出震天怒吼，笨重的金屬身體向後轟然倒下，跌入了海水中，在海面上掀起巨浪。

小笨貓緊緊地抓住浮力十足的氣球人，在巨浪翻湧的海面上漂浮。他大口喘着粗氣，看着漸趨平靜的海面，欣喜若狂地大笑起來：「哈哈！我們成功了！我們消滅了吸鐵石！我也像火焰菲克一樣，做了一次大英雄！」

氣球人如橡皮艇一般仰面躺在海面上，電子眼依然鮮紅刺目，頭頂上旋轉着全息文字：

最高防衞模式，正在運行。

「偵測到輻射能量正在上升。」氣球人冷冷地説，「沐恩，吸鐵石還沒有被消滅。準備防禦攻擊。」

「你説什麼？！」小笨貓驚愕地睜大眼睛。

然而他的話音未落，海面上突然再次湧起巨浪，體形龐大的機械怪獸再次咆哮着衝出海面。在它的面前，小笨貓和氣球人就如微小的螞蟻。

小笨貓臉色慘白地看着吸鐵石，眼神中剩下的只有絕望。氣球人的頭頂上飛快旋轉着全息文字：

緊急呼叫——

正在喚醒主體——主體連接成功。

狂暴的機械怪獸山呼海嘯般嘶吼，張大亮着熔岩般火光的金屬嘴，猛地朝漂浮在海面上的小笨貓和氣球人撲來！

「小心！」小笨貓的耳畔響起一個清亮的聲音，接着他被一個溫暖而柔軟的身體緊緊抱住。

小笨貓來不及反應，便被機械怪獸徹底吞沒。他的耳

畔響着轟鳴，眼前的畫面漸漸地沒入了黑暗。

世間的一切，都變得悄無聲息。

——彷彿陪着他一同陷入了沉睡。

第 6 幕・結束

第 **7** 幕

雷鳴海灣大事記

無盡的黑暗中，一道銀色的光在幽幽閃爍。

最終，銀光扭轉變形成幾行神秘的文字：

月光街黑鐵會員：海底漫步者

月光街信息授權等級：低

時間軸回溯，12 小時記憶消除程序，開始

執行……

　　文字扭轉起來，變形成一個急速旋轉的漩渦，似乎將周圍的黑暗全都吸入其中。當銀光完全取代黑暗，一幕幕影像如微瀾湖水中的倒影，模糊不清地在銀光中閃現——

　　昏迷的小笨貓和氣球人被機械怪獸吞沒，困在黑金甲蟲羣組合成的機械怪獸身體中。黑金甲蟲們飛快地攀爬上他們的身體，就在他們快要被完全吞沒之時，氣球人艱難地抬起手臂，發射出一道激光，命中掩藏在甲蟲羣中的機械蠍子。

　　爆炸聲和金屬碎裂聲驟然響起，黑金甲蟲羣失去了機械蠍子的指揮，快速地散開……

　　氣球人的聲音彷彿從遙遠的天邊傳來：「裂變蟲K97的智能核心已被破壞……智能機械獸解體……七小時後登陸雷鳴海灣……」

　　黑金甲蟲羣的影像逐漸消散，取而代之的是陰沉洶湧的大海。

　　小笨貓和氣球人正駕駛着各自的飛行器，與黑金甲蟲組合成的機械怪獸纏鬥着。忽然間，氣球人的飛行器被機械怪獸擊中！

　　小笨貓駕駛飛行器朝墜向大海的氣球人疾飛，在距離海面不到半米的地方接住了氣球人，並且將它帶離危險區域……

影像變化的速度越來越快，無數畫面重疊在了一起。

追捕小笨貓和氣球人的智能人飛船，穿梭於正在打鬥的幻牌卡佩與智能人身邊；收藏室中的星海戰神殘軀；女智能人冪砂舞動的魚骨辮；小笨貓尖叫着跳下懸崖，又在月光街奇詭的建築間降落……

銀色光亮就像湧入下水道的流水，急速向一個黑色的孔內收縮，沒過多久，一切再次陷入無盡的黑暗中。

幾行銀色文字在黑暗裏幽幽浮現：

> ✸ 尊敬的黑十字星閣下，記憶消除程序執行完畢。
>
> 由您授權的月光街黑鐵會員：**海底漫步者**，智能頭環註冊賬號、資料已被清除。
>
> -系統訊息-

小笨貓感覺自己的意識彷彿從高空墜落，重新跌回到了身體中。他感到一陣天旋地轉。當模糊的視線逐漸變得清晰，小笨貓發現自己正仰面躺在舊拖車的後備廂裏，渾身的衣服潮濕冰冷，他不由自主地打了個噴嚏。

暗淡的日光透過髒兮兮的車窗，灑下灰濛濛的光。小笨貓從地上起身，感覺頭像快要爆裂般疼痛，渾身好像快

散架似的。氣球人坐在角落裏，進入了休眠模式。兩隻機械貓咪在一旁朝小笨貓搖頭晃腦。

「我記得和白雲衞士一起抓住了那只機械蠍子，然後開車去月光街⋯⋯」小笨貓困惑地撓着頭，除此之外，他竟然什麼都想不起來了。

小笨貓心事重重，準備去檢查小牛四號，經過駕駛室時，卻發現一張只剩下半截兒的破爛座椅上多了兩件外套，上面都掛着小小軍團的爆炸貓徽章。

「難道那幾個傢伙來了？」小笨貓驚奇地睜大眼睛。

此時，在距離爛車營地不遠處的海邊礁石上，喬拉、彭嘭和馬達正哈欠連天地釣魚，旁邊擺着幾個生銹的釣魚工具。

一夜過去，雷鳴海灣上空戰鬥的硝煙已在海風中消散，灰藍色的天空中聚集起一團團灰白色的雲山，宛若勇者的雕像，緩緩地朝廢鐵鎮的方向飄動着。鹹濕的海風讓空氣變得濕漉漉的。

「笨貓還真會挑地方，這幾天居然待在爛車營地。」彭嘭説。

「要不是我聽收二手垃圾的彭大叔説，在這附近看見過貓哥，肯定想不到他會跑來這麼偏僻的地方。」喬拉説。

　　「貓哥以前離家出走，肚子餓了就會回家。但這次不太一樣……」馬達擔憂地朝礁石前方的海面張望，「從我們昨天下午找到貓哥起，他就一直在昏睡……我看多半是餓的。」

　　「小牛四號的晶片被弄壞……貓哥這一次是真的傷心了。」喬拉沉重地歎了一口氣，「對了……你們給貓哥捐星幣了嗎？」

　　「捐了，我這個月最後的兩個星幣，都給他了。」彭嗞回答。

　　男孩兒們沉默了兩秒，周圍只有海浪拍打礁石的悶

響。「有魚！有魚！」彭嘭手中釣竿上的語音提醒器突然
大喊大叫起來，打破了海邊的沉重氣氛。「你們看那邊，
有魚咬鈎了！」馬達指着不遠處的海面。一個高高聳立的
魚鰭正在水面上掙扎，撲騰起大朵浪花。

「看起來個頭兒還不小！」喬拉驚訝地説。

「來得正好！」彭嘭在手心裏吐了口唾沫，死死地抓
緊魚竿，「兄弟們，把它拉上來！我們沒錢給小牛四號換
晶片，至少能弄條魚給笨貓補補身體！」

男孩兒們一起抓緊釣竿，憋紅了臉，齊心協力想要將
大魚拉上岸，鞋底在粗糙的礁石上摩擦到幾乎冒煙。就在
這時，一隻手拍在了馬達的肩膀上。

馬達轉過頭，發現身後站着一個人，他疲倦的雙眼毫
無神采，嘴裏發出一個乾啞的聲音：「我好餓……」

「啊啊啊——」馬達頓時發出一聲驚慌的尖叫，鬆開
了緊握的釣竿。喬拉和彭嘭被叫聲嚇了一跳，原本就已經
在礁石邊搖搖晃晃的他們，立即像下鍋的水餃，一個接一
個地滾落到海水中。海岸邊響起了大呼小叫聲。

「水好冷！搞什麼鬼？」「笨貓！居然是你！」「我
不會游泳！咦，水怎麼才到膝蓋這麼高？」「抓住釣竿，
一起來！」

半小時後，海岸邊終於安靜了下來。

礁石附近的沙灘上升起了一堆篝火，小笨貓狼吞虎

嘛地吃着伙伴們烤好的魚，伙伴們則烘烤着濕透了的衣服。

小小軍團的男孩兒們圍在小笨貓周圍，抱着胳膊不停地打噴嚏。

「貓哥，阿嚏——你這幾天在做什麼？」喬拉好奇地問，「我們用智能手環完全聯繫不上你。」

「別提了，我們之前遇到的怪事，都是一隻機械蠍子害的。」小笨貓説到這裏，感覺一陣莫名心悸。

「機械蠍子？難道是沐茲恪爺爺的新發明？」喬拉疑惑地問。

「白雲衞士説，那是從外星來的智能生物。」小笨貓噘起嘴，掃視了一眼目瞪口呆的男孩兒們，壓低聲音神秘兮兮地説，「另外，據説雷鳴海灣水底下，隱藏着一個海底智能人集市！」

「海底什麼集市？海鮮夜市大排檔？」彭噬困惑地問。

馬達好奇的眼睛在眼鏡片後睜得大大的。

「一個海底科技自由貿易集市……我的頭好暈，好像什麼都想不起來了……」小笨貓揉了揉酸痛的太陽穴，口齒不清地嘟囔。

男孩兒們交換着擔憂的目光，最後紛紛歎了口氣。

「笨貓，我看你應該是精神受到過度刺激，開始胡言

亂語了。」彭嘭無奈地説。

喬拉同情地點點頭。馬達遞給小笨貓一條剛烤好的魚。

「我才沒有。」小笨貓不服氣地擰緊眉頭，咬了一大口魚肉。

「先不説這個。」喬拉轉移了話題，「貓哥，接下來你打算怎麼辦？我們還沒告訴沐茲恪爺爺你在這裏，但他這兩天在到處找你呢。」

「我們的秘密基地已經被牛奶奶收繳了，因為沒有交房租。」馬達憂鬱地説，「貓哥，你如果沒地方住，可以到我們幾個家裏湊合一下。」

「謝謝了，兄弟們。我已經是大人了，自己的事情自己扛，不給大家添麻煩。」小笨貓嚼着木頭渣般的魚肉，硬氣地回答，「我爺爺那邊⋯⋯你們誰有空，去幫我報個平安吧。」

男孩兒們面面相覷，最後紛紛點了點頭。

天色漸晚，天空淅淅瀝瀝下起了小雨。

小笨貓和小小軍團的伙伴們告別後，獨自回到了爛車營地的山洞。小牛四號被一塊帆布遮蓋着。黑漆漆的山洞內，氣球人和機械貓咪們仍然一動不動地坐在角落休眠。

小笨貓感到疲憊極了，心裏沒來由地惶惶不安。月光

街只是他的一個夢嗎？那小牛四號的晶片……

咚咚！咚咚！

舊拖車的車門突然響了起來，好像有人在敲門。

小笨貓困惑地走上前，猜想或許是小小軍團的伙伴們回來取忘記帶走的外套。然而當他拉開車門，頓時吃了一驚！

在門外的竟是一個打滿了鐵皮補丁的古銅色無人機。

它的外形像是留着兩撇金屬大鬍子的機器海豹，頭頂上一個螺旋槳飛快旋轉着，脖子上掛着兩三個碩大的包裹。

「包裹已送達，請注意查收。」無人機發出一個尖利的電子語音，將包裹重重地扔在了小笨貓的腳邊。

小笨貓吃驚地蹲下身，發現包裹上貼的寄件人是：月光街發貨處。

「原來我真的去過月光街！」小笨貓激動得不能自已，但他怎麼也想不起來自己經歷了些什麼，這種感覺實在是詭異極了。

小笨貓準備動手拆包裹，海豹無人機仍然在車廂門口盤旋着，並且發出搖晃硬幣的嘩嘩聲。

「你該不會是找我收小費吧？」小笨貓無奈地拍了拍衣服口袋，「我現在只剩下一顆螺絲釘了，你要嗎？」

咔嗒！飛行器上的兩撇金屬大鬍子耷拉了下來，看起

來有些不高興。它朝小笨貓臉上噴出一股黑色的濃煙，嗡嗡地轉身飛走了。

「這暴脾氣……不知道它是誰設計的。」小笨貓猛咳了幾聲，然後興奮地挽起了袖子，抱起一個包裹，「接下來，就是見證奇跡的時刻了！」

刺啦！小笨貓手一揮，一個磨砂質感的白色鐵盒出現在他眼前，上面雕刻着「盤古智能通信店」的標誌。

小笨貓迫不及待地掀開盒蓋，只見鐵盒中放着一個深藍色半透明的智能手環，上面排列着五塊方形的晶石屏幕，看起來炫酷極了！

「這個手環不錯，比之前強太多了。」小笨貓高興壞了。

小笨貓飛快地拆開了另外兩個包裹：鐵甲鋼拳零件店的「保姆機械人配件套裝」，以及索羅機甲設計室出品的「冥想繪圖板」。

突然間，他腦中火花一閃，對了！晶片！

我怎麼能把小牛四號的晶片給忘了呢？我去月光街最重要的任務就是為了這個。可是……晶片在哪兒？小笨貓使勁想回憶起來。

小笨貓焦急地翻着滿地散亂的包裝盒，卻遍尋不着那一塊小金屬片。這時，一個身影搖搖晃晃地走了過來，在小笨貓的身旁站定。

「沐恩，晚上好。」切換成夜燈模式的氣球人的身體發出微弱的白光，綠色的電子眼逐漸明亮起來。

「你終於啟動了！」小笨貓抬頭看了一眼氣球人，繼續急匆匆地到處尋找，「我收到了月光街的包裹，但卻什麼都想不起來了……你知道小牛四號的晶片在哪裏嗎？」

氣球人的電子眼閃爍了幾秒，接着它抬起左手臂，從前臂上方的表層膠質下打開一個暗格。氣球人將晶片從暗格裏取出來，遞給了小笨貓：「晶片存放在了我的迷你保險艙裏。經掃描，晶片已經完整修復，功能被完全激活。」

「太棒了！多謝！」小笨貓的眼睛瞬間變得鋥亮。他欣喜若狂地接過晶片，飛奔到小牛四號旁邊，掀開了遮擋雨水和灰塵的厚重帆布，熟練地將晶片裝進小牛四號的身體裏，摁下了啟動鍵。

小笨貓滿懷期待的心在狂跳。片刻後，小牛四號發出一陣巨大的轟鳴聲，緊接着眼睛亮起了白光，一陣熟悉的兒歌再次響了起來：「雪絨花……每天清晨迎接我……」

小笨貓從來沒有覺得這些兒歌這麼好聽過，甚至連小牛四號發出的巨大噪音，以及噴出的滾滾濃煙，都讓他感到親切無比。

「太棒了！小牛，你總算醒過來了！」小笨貓激動地

圍着小牛四號左看右看。

「你好，沐恩，我是你的保姆機械人——小牛四號！」小牛四號的兩撇金屬粗眉上下挑動着。

「語音系統竟然也已經修復好，説話不結巴了！」小笨貓高興不已。

「沐恩，小牛四號檢測到新的留言信息，現在為您播放。」小牛四號眉飛色舞地説。

小笨貓正要阻止，小牛四號扁圓的金屬頭前面突然跳出一個虛擬頭像，竟是老沐茲恪的臉。

「臭小子，趕快給我回家！否則一輩子都別想回來！」老沐茲恪大吼着。

緊接着，虛擬頭像變成了牛奶奶。

「沐恩，逃避是可恥的！以為躲起來就不用交房租和電費了嗎？快給我回消息！」

牛奶奶的臉又變成了駱基士警長。

「小笨貓，你已經三天沒有在鎮子裏露面了，別以為我不知道你又在偷偷醞釀鬼主意！我勸你收起大膽的想法，什麼都不要做！」

最後，野原輝的頭擠走駱基士警長。

「笨貓！讓你充電上線銀翼聯盟和我較量！結果你又讓我等了一整晚！別讓我逮着你，我保證不會把你的小破牛大卸八塊！」

「臭小子！快回消息！」

「速回消息！」

……

小笨貓趕緊手動關閉了小牛四號的信息播放程序，周圍頓時安靜了下來。小笨貓長長地舒了一口氣。

「小牛，以後沒有我的要求，可以不要擅自播放留言嗎？」小笨貓鬱悶地説。

「本程序無法修改。」小牛四號的眼睛閃動了兩下，兩撇金屬眉毛耷拉下來，看上去委屈極了。

「算了，你能啟動就好。」小笨貓溫柔地摸了摸小牛四號，「不過，你上次在逾越森林被撞，受損太厲害，我買了些零件，要把你修好。你再睡一覺吧。」

小笨貓啟動了小牛四號的休眠模式。

機械人兩個圓溜溜的車燈眼睛中，光亮逐漸暗了下去。它扁圓的金屬頭隨之微微向前傾，如同一個睡着的孩子。

「恭喜你。小牛四號已經能正常啟動。」氣球人説。

「謝謝你。」小笨貓開心地説，叉着腰看了一眼腳邊的保姆機械人配件套裝和冥想繪圖板，「有了這些裝備，別説修好小牛四號，就算把它改裝升級，也完全沒有問題！」

「機械人修理好後，你有什麼計劃？」氣球人問。

「當然是參加銀翼聯盟的挑戰賽！」小笨貓用手指蹭了蹭鼻子，「我一定要取得好成績，這是能加入岩石城雄獅隊，和火焰菲克並肩作戰的唯一方法。」小笨貓突然好奇地睜大黑水晶般的眼睛，「對了，我們在月光街上發生的事情，你有記憶嗎？」

「正在調取有關月光街的視覺記錄影像……數據庫出錯……」氣球人的綠色電子眼飛快閃爍，頭頂上突然跳出了一大堆報錯警告的全息圖標，「相關記錄已被消除。」

「記錄消除？原來是這樣……」小笨貓吃驚地摩挲着下巴，若有所思，「難怪沒有人知道月光街究竟是什麼樣子，因為去過的人都被抹除了記憶。」

「的確如此。」氣球人肯定地回答。

「真可惜，本來還想跟喬拉他們好好炫耀一下。」小笨貓遺憾地聳了聳肩膀，在一旁坐下來，拿起冥想繪圖板，噘着嘴，思考起來，「算了，當務之急，先把小牛的修理和改造方案做好，距離銀翼聯盟挑戰賽開始的日子已經沒多遠了。」

小笨貓拿起一支磁力筆，在冥想繪圖板上寫寫畫畫起來。舊車廂裏的昏暗燈光透出車窗，就像濃厚黑暗中掙扎閃爍的一點微芒星光。

此時，在深沉的夜空之下，雷鳴海灣旁，浪花拍打着黑色礁石，發出雷鳴般的巨響。大量的海洋垃圾淤積在海灣處，它們大多都是些廢棄的金屬，在海水的腐蝕下，不斷散發着潮濕的腥臭味。

距離礁石不遠處的海岸上，七八名身着外骨骼機甲的星洲海岸巡邏隊隊員，正荷槍實彈地列隊巡邏。隊伍的最前方，行走着一個近五米高的笨重巡邏機甲，安裝在機械身體上的照明燈，在前方沙灘上投射出兩片蒼白的光。三隻機械杜賓犬緊隨其後。

「根據總部收到的情報，今天凌晨，就是在這附近，探測到了未知機械生物的信號。」隊伍中的一名體型彪悍的中年男子神情嚴肅地說，「這片海域最近不太安寧，已經接二連三出現好幾起漁船和拾荒機械人失蹤事件，也許和最近頻發的智能人暴動有關。大家要提高警惕。」他身後的背包上豎着一根細長的金屬杆，兩塊扇形的金屬薄片正在金屬杆上方輕輕扇動，探測着周圍的信號與輻射。

巡邏隊員們警惕地環視着一旁幽暗的逾越森林，洶湧的墨黑色大海發出陣陣悶吼聲。

忽然間，一道黑影尖銳地鳴叫着從半空中急速朝他們襲來！隊員們訓練有素地快速閃避。那道黑影撲了一個空，徑直朝海面上飛去。

　　「隊長，那是什麼？」一位年輕的巡邏隊員緊張地詢問中年男子。所有人朝不遠處的海面上望去，剛才那道黑影停在礁石上，竟是只一米多高的海鳥，渾身披掛着一根根金屬羽毛。

　　「是逾越森林裏的生化機械魚鷹。」巡邏隊長輕吸了口氣，聲音低沉地回答，「旁邊是逾越森林B區。這裏的生化機械獸被判定為高危。大家小心。」

　　海岸巡邏隊員們點了點頭，跟隨隊伍繼續朝前走。巡邏機甲的駕駛員將照明燈調得更加明亮。

　　而在礁石之上，那只生化機械魚鷹虎視眈眈地注視着逐漸走遠的海岸巡邏隊員們，散發着綠光的雙眼，似乎正在醞釀着下一步獵食計劃。只是它完全沒有注意到，此時此刻，一股暗黑色的「水流」正悄無聲息地爬上了礁石，朝它飛快靠近……

　　在暗淡的月光下，「黑色水流」顯現出了它真實的模樣。那竟是無數隻黑金甲蟲，正匯聚在一起，急速爬行。眨眼的工夫，黑金甲蟲們湧上了生化機械魚鷹的兩隻爪子。魚鷹受到了驚嚇，還來不及揮動翅膀掙扎着逃離，便已經被黑金甲蟲爬滿全身……礁石上響起一陣啃噬金屬的咔嗒聲。

　　海浪高高湧起，拍打在礁石上，聲音掩蓋了生化機械魚鷹的掙扎聲。然而細微的聲響還是讓經驗豐富的海岸巡

邏隊員們有所察覺。

巡邏隊長警惕地轉過頭。他背包上的金屬探測杆激烈顫動着，探測杆上的金屬薄片指向礁石的方向。三隻機械杜賓犬也發出了警戒的低吼聲。巡邏機甲的燈光照射向礁石，發現剛才那只生化機械魚鷹已經不見了，只剩下一堆被啃噬過的碎片和幾片殘破的金屬羽毛。

「注意！好像有什麼東西來了。」巡邏隊長皺緊眉頭。其他隊員紛紛將背後的激光槍拿在手中，進入了戒備狀態。

這時，礁石旁邊的漆黑海面如同沸騰的水，劇烈翻湧起來，掀起了一片高高的水浪。一個十幾米高的黑色龐然大物從海面之下升起，宛如從海底深淵躥出來的巨大海妖。它黑色的金屬身體殘破不堪，甚至沒有清晰的輪廓，兩隻巨大的金屬螯奇怪地扭曲着。它尚存的一隻機械眼前方，浮現出幾行紅色的全息文字：

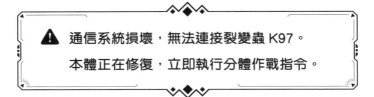

⚠ 通信系統損壞，無法連接裂變蟲 K97。
本體正在修復，立即執行分體作戰指令。

這時，紅色全息文字變形成了一個紅色的方框，掃描着海岸邊的巡邏機甲與機械杜賓犬。緊接着，黑色機械怪

物吸鐵石發出尖嘯聲，猛地朝海岸邊衝了過來，疾行的身體兩側掀起了高高的水浪。

「那是什麼玩意兒？！」一個巡邏隊員驚慌地問。

「也許是未登記的生化機械獸！」巡邏隊長高聲回答，「不好！它把我們當成獵物了！注意躲避！」

吸鐵石衝上了岸邊，揮動着兩個巨大的金屬螯，朝巡邏隊員們攻擊過來。巡邏隊員們紛紛向後退，直到留出了相對安全的距離，才轉身朝吸鐵石發射激光彈。

吸鐵石左躲右閃，然而它的機械身體顯得極其不靈活，組合成它身體的黑金甲蟲們就像意志不統一似的，令它的動作變得古怪極了，看起來就像在和自己戰鬥。

紅色的全息文字在它眼前閃爍：

⚠ 一代智能核心已被破壞……機體已失控……

這時，三隻機械杜賓犬吼叫着朝吸鐵石撲過去。

智能程序混亂的吸鐵石，踉蹌着甩動佈滿尖刺的金屬長尾，將其中兩隻機械杜賓犬抽打開，接着它高抬起尾巴，閃着寒光的尖刺猛地刺進了剩下的那隻機械杜賓犬身體中。

頃刻間，機械杜賓犬被解體。在金屬噬咬聲中，組成

吸鐵石尾巴的黑金甲蟲羣將機械杜賓犬的殘骸湮沒，並且蠶食殆盡。

海岸巡邏隊的隊員們大驚失色。

「它太危險了，更改計劃，將它直接消滅！」巡邏隊長大喊。

巡邏機甲應聲走上前，開啟激光炮，朝吸鐵石猛烈攻擊。吸鐵石的龐大身軀頓時接連爆炸，黑金甲蟲組合成的身體被炸開了幾個大洞！

然而它的身體並沒有如往常那樣自動修復，被炸毀的黑金甲蟲如同流沙般不斷掉落下來，吸鐵石的身體變得越發殘破不堪。

「大傢伙，來嘗嘗這個！」巡邏隊長的外骨骼機甲肩膀處升起了一個迷你炮管，幾發飛彈如流星般閃着刺眼的藍光，朝吸鐵石飛射了過去。

吸鐵石再次被擊中，在接二連三的爆炸聲中，它的金屬身體散落開來，變成了無數指甲蓋大小的黑金甲蟲，如一攤攤黑色的流水，朝不同的方向逃進逾越森林的深處。

「092號！不要讓它溜走！將殘骸取樣！」巡邏隊長氣喘吁吁地大喊，他接着打開呼叫器，向海岸巡邏隊總部報告，「呼叫總部。已驅逐可疑機械生物，交戰時長7分48秒，038號機械杜賓犬戰損。」

機械杜賓犬092號接到指令，立即朝其中一羣黑金甲蟲追趕過去。它高聲狂吠着，很快便沖入了逾越森林深處，穿進一片濃得化不開的黑暗中。

海岸巡邏隊員們的聲音漸漸消失在它的身後。機械杜賓犬的奔跑速度緩慢了下來。它的雙眼亮起白光，站在原地發出恐嚇的低吼。周圍的黑暗中迴響着細碎的咔嗒聲，似乎有什麼東西正在朝它靠近。

這時，黑金甲蟲羣在黑暗中顯現，它們迅速爬過濃密的雜草，沿着機械杜賓犬的腿部向上攀爬，短短幾秒鐘就將機械杜賓犬包裹了起來。

機械杜賓犬092號不斷狂吠着掙扎，卻還是在數量眾多的黑金甲蟲的啃咬中歪倒在地。它的叫聲變得斷斷續續，機械雙眼的白光接觸不良似的閃爍了兩下，最終熄滅……

黑金甲蟲湧動着，互相連接變形，發出咔嗒聲響。

沒過多久，一隻新的機械杜賓犬便站立在了一片金屬殘骸間。它的機械雙眼亮着殘暴的紅光，機械身體上印着海岸巡邏隊的徽章以及編號——092。而在它的機械眼前方，顯現出幾行猩紅色的全息文字：

⚠ 裂變蟲 K97，代號：吸鐵石

二代智能核心正在重塑，進程：9%……

任務清單複製完畢……準備開始執行……

抓捕目標：陳嘉諾；消滅阻礙者：沐恩。

第 7 幕・結束

第 **8** 幕

修復小牛四號

天光大亮，風雨停歇。

雲層被風吹散，淡淡的陽光灑下來，空氣中霧濛濛的。

小笨貓走出山洞時，氣球人正在洞外的風車下曬太陽。它拿着兩塊不知道從哪裏找出來的太陽能充電板，一眼望去活像只行動古怪的胖企鵝，它的頭頂還轉動着一行虛擬文字：

細胞修復進度 43%。

「早安，白雲衞士！」小笨貓心情愉快地向氣球人打招呼。氣球人舉起充電板，晃晃悠悠地瞟了小笨貓一眼，點頭微笑致意。

簡單梳洗後，小笨貓便開始專心致志地修理起正在休眠的小牛四號。機械貓咪魯俊叼着電筒幫他照明，一副不情願的樣子。另一隻機械貓咪二寶，不停地跑來跑去，幫忙遞送指定的零件和工具。

「二寶，給我三號工具。魯俊，光線往上一點兒。」小笨貓鑽到小牛四號的下方，臉上沾滿了黑乎乎的機油。二寶在兩個大鐵盒之間左右張望，最後遞來一顆螺栓。

「不是三號零件，是三號工具，明白了嗎？魯俊，光線再往上。」小笨貓強調。二寶猶豫了一下，最後將更多的螺栓遞給了小笨貓。

「真是個小笨蛋。算了，我自己來拿。」小笨貓鬱悶地說。

他猛然坐起身，結果額頭狠狠地撞在小牛四號上。

「嗷——」他痛苦地揉着額頭，懊惱地低語，「看來想要修好小牛四號，沒有想像中那麼容易。」

這時，氣球人搖搖晃晃地走到了小笨貓旁邊：「建議你先使用冥想繪圖板完成修理圖紙。」

「別提了！」小笨貓盤腿坐在地上，鬱悶地拿起地上的一塊繪圖板，「這玩意兒和普通的繪圖板沒有什麼區別，卻花了我那麼多錢。在月光街裏的該不會都是些奸商吧？」

他為了證明自己的判斷，摁了一下冥想繪圖板上的一個按鈕。小笨貓昨天晚上絞盡腦汁在上面繪製的圖畫，立刻一筆一畫地顯現在上面，並且在半空中投射出了一個立體AR影像：「這就是我構想的小牛四號修改方案・終極版。」

氣球人好奇地抬頭看着AR影像，跟隨小笨貓的筆觸移動視線。只是設計圖看得越清晰，氣球人電子眼的綠光就越暗淡，小笨貓繪製的機械人線條扭曲、零件錯位，看起來就像幼兒園小孩兒用橡皮泥捏的機械怪獸。

「就這樣……」小笨貓無奈地聳了聳肩膀，「我承認我的畫功太『天才』，普通人根本就看不懂。本來我還指望用這塊繪圖板畫出來的設計圖，能稍微正常一點兒。」

氣球人從小笨貓的手中拿起那塊冥想繪圖板，電子眼閃爍了兩下，認真地說：「沐恩，根據此方案的各項數據分析，小牛四號的性能將大幅提升，尤其是在行動速度

與靈活性上。接下來，你只需要解鎖『自動糾錯』功能和『智能延展』功能，便能將此設計圖完成。」

「難道要付費？」小笨貓警惕地問。

「不，需要的是這家機械人修理店的高級會員權限。」氣球人回答，「我的主人可以幫助你。」

氣球人說着，便走到了外面的空地中央，在繪圖板上敲擊了幾下，上面立刻出現了一片藍色的網格。半空中，小笨貓原來的設計AR影像隨之淡去，一個結構精準的全新設計圖浮現了出來。

小笨貓驚訝得嘴都合不攏，過了一會兒才站起身。

「我已經為你解鎖這塊繪圖板的全部功能，並且輸入了你目前所擁有的零配件、工具的相關數據。接下來，請你按照相關提示操作。」

氣球人的話音剛落，冥想繪圖板閃爍了三下橙色的光。一道橙紅色的光束從繪圖板裏投射出來，在半空中像煙火般炸裂了。小笨貓震驚地半眯着眼睛抬頭張望。半空中散開的橙紅色火星，竟然變成了無數個大大小小的虛擬機械人零部件，彷彿一顆顆星辰，閃爍着淡淡的光。

嘀嘀──嘀嘀──一個清脆的電子音響起。小笨貓的面前出現了幾個不足巴掌大的虛擬小機械人。它們的顏色和造型各異，並列站在一起，看起來可愛極了。

「冥想繪圖板以你的設計圖為原型智能延展後，提供

了多種改裝方案。」氣球人看着小機械人們説，「你可以點擊小機械人查看方案的詳情。」

小笨貓好奇地輕點了其中一個紅色的機械人。

忽然間，飄浮在半空中的一部分機械人零件，亮起了紅色的強光。它們像流星般從四面八方飛了過來，在半空中拼接、組合。半分鐘不到，一個約三米高的半透明紅色機械人影像，浮現在小笨貓的眼前，緩緩旋轉。

它看起來像頭站立的強壯公牛，機械臂是兩挺巨型機關槍，在飛快地轉動着。肩膀上有兩個4孔的導彈發射器。一對機械翅膀正在它寬厚的背上緩緩展開。

幾行紅色的文字顯現在它的旁邊：

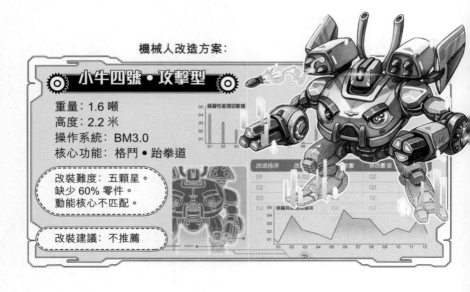

機械人改造方案：

小牛四號 · 攻擊型

重量：1.6 噸
高度：2.2 米
操作系統：BM3.0
核心功能：格鬥 ● 跆拳道

改裝難度：五顆星。
缺少 60% 零件。
動能核心不匹配。

改裝建議：不推薦

小笨貓震驚得眼睛都忘記眨了，迫不及待地輕點了一下綠色的小機械人。紅色小牛四號像煙火般散開了。另一批閃着綠色光亮的零件，從四周飛快地集中在一起，拼接組合成了一個胖乎乎的綠色機械人，乍一看去，有點兒像用金屬打造的氣球人。

它的身體和四肢都極其堅固厚重，機械臂兩側各有一個橢圓形的透明激光盾。綠色的虛擬文字在它旁邊浮現：

機械人改造方案：

小牛四號・防禦型

重量：1.92 噸
高度：2.0 米
操作系統：BM3.0
核心功能：保全・防禦盾

改裝難度：五顆星。
缺少 70% 零件。
動能核心不匹配。

改裝建議：不推薦

改造排序

「另外，還有變形型、學習型、遊戲型、探險型等。」氣球人說，「一旦方案選定，將自動生成改造程序圖紙，並生成虛擬機械臂，協助你完成工作。」

「太棒了，謝謝你！」小笨貓激動地挽起袖子，清秀的面龐在陽光下閃閃發亮，「這一次，我一定會讓小牛四號煥然一新！」

有了氣球人的幫助，小笨貓的修理工作順利多了。

他在空地上搭了個臨時的小工作台，把冥想繪圖板擺放在一張小鐵桌上，又找到半截兒廢舊的油桶充當工作凳。

小笨貓坐在工作台旁，心無旁騖地敲擊冥想繪圖板投影出來的虛擬鍵盤，記錄和分析其他幾個小牛四號的改進方案。他彷彿已經忘記了周圍的一切，一連好幾個小時，視線始終停留在繪圖板屏幕上，偶爾拿起旁邊的水瓶喝一口水。

小山洞的半空中，小牛四號的各種改造版AR影像，隨着小笨貓的手指不停地變化。

直到日暮時分，小笨貓才起身走到空地中央，站在3個機械人AR影像旁。他動作飛快地點擊機械人影像的各個部位，將其中一些不需要的虛擬部件摘除，扔進腳邊的虛擬垃圾桶裏。兩隻機械貓咪在他腳邊不停地追來跑去，甚至不小心打翻了氣球人為小笨貓準備的晚餐，小笨貓卻絲毫沒有察覺。

直到天色黑透，小笨貓才完成了最終的設計方案。

海邊的晚風還有些冷，然而此刻爛車營地裏卻熱火朝

天。放置在車廂頂上的舊照明燈被修好後點亮了，發電風車在一旁飛快地轉動。

小笨貓拆下機械人身上變形和損壞了的金屬件，放在砧板上敲打整形。他脫掉外套，卷起了袖子，清脆的金屬敲擊聲在夜空迴響。

他用力掄着鐵錘，纖瘦的胳膊凸起了肌肉，身上的T恤被汗水浸濕，頭髮彷彿被澆了水，滴落下一顆顆汗珠，和臉頰上的油污混合在一起。

小笨貓幾乎不眠不休地持續忙碌，直到第三天的清早，終於初步完成了兩隻機械臂的改裝。

「你已經連續工作很長時間了，應該及時休息。」氣球人從車廂裏走出來，頭頂轉動着一行虛擬文字：

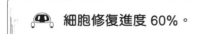

細胞修復進度 60%。

「不用。」小笨貓簡潔明瞭地回答。他的臉上滿是黑乎乎的機油。

在啟動小牛四號後，他拿出了同樣被改造升級過的遙控手柄，後退兩步，說：「現在測驗一下『惡作劇垃圾槍』發射的準確性。」

小牛四號的機械前臂緩慢轉動起來，竟變形成了兩個炮筒！

「小牛四號的身體構造，無法驅動攻擊性武器。」氣球人說。

「雖然我想贏得銀翼聯盟的比賽，但我可不會為了這個把小牛變成戰爭機器。」小笨貓自信地看了一眼氣球人，輕點了一下懸浮在他身邊的AR影像——小牛四號的機械臂在他們眼前放大，後方竟連接著一個存放了許多海洋垃圾的暗倉，「惡作劇垃圾槍是我為小牛設計的武器。前臂發射出來的，將是我根據功能分類的各種海洋垃圾。我想，參加星洲賽區的挑戰賽，這種程度已經夠了。」

氣球人愣愣地眨巴著綠色的電子眼：「拭目以待。」

小笨貓沖氣球人擠了擠眼睛，他突然感到有些緊張，深吸一口氣後，操控小牛四號抬起了一隻機械臂。

「目前我在惡作劇垃圾槍中填充的是泥球，先從最近的目標開始攻擊。」他看了一眼半空中一個歪歪扭扭的虛擬野豬攔路者頭像，那是他用智能工具箱中的虛擬畫筆繪製的。

「攻擊！」小笨貓摁下手柄的攻擊鍵，大喊道。

砰！砰！砰！

惡作劇垃圾槍發出悶響，三枚泥球發射出來，卻砸在了小笨貓和兩隻機械貓咪的臉上。

機械貓咪憤怒地大叫著跑開了。

　　小笨貓被砸翻在地，仰面看着天空直喘氣：「準星還需校正……但至少……成功發射了……」

　　氣球人伸出手想要將小笨貓從地上拉起來，卻發現他已經閉上眼睛，累得沉沉地睡了過去。

　　「你已超負荷運轉，請好好休息。挑戰極限，是人類精神的強大之處，但卻暴露了身體構造的缺陷。」氣球人從車廂裏拿出一塊破毛毯，蓋在小笨貓的身上。它的電子眼閃爍了兩下，轉身離開了爛車營地，頭頂上的虛擬文字變成了：

　　🚗 **購買食物中。**

　　小笨貓睡了兩小時，便驚醒了過來。他掛着兩個濃重的黑眼圈，繼續廢寢忘食地修理小牛四號。

　　到了第五天深夜，果然如氣球人預報的那樣，下起了一場暴雨。小笨貓用舊帆布將小牛四號遮蓋得嚴嚴實實，然後盤腿坐在車廂裏，聚精會神地繼續研究小牛四號的設計圖。機械貓咪和氣球人在無線充電樁旁充電。突然，氣球人的綠色電子眼幽幽地閃爍起來。

　　「沐恩，小牛四號啟動了。」氣球人提醒。

　　小笨貓驚訝地抬起頭，頭髮亂糟糟的。這時，車廂外響起一個熟悉的叫聲。

「笨貓！你給我出來！藏頭露尾，像隻老鼠！你是被我嚇破膽了嗎？！」

「咻咻——哈哈哈！」

「野原輝和哈皮軍團？」小笨貓驚訝地站起身，快步走到小牛四號面前，掀開蓋住它的舊帆布。小牛四號的雙眼果然亮了起來，一個長滿青春痘的虛擬頭像，正在它扁圓的金屬頭前方搖頭晃腦。

「笨貓，我已經升級好了野豬攔路者，報名參加了銀翼聯盟的挑戰賽！」野原輝大聲叫囂，「周五下午三點，帶上你的小破牛來水星公園！我和你比一場銀翼聯盟的線下訓練賽！只要你的破牛堅持三分鐘不倒下，就算你贏！如果你敢不來……」

野原輝的虛擬影像突然變成模糊的一團，聲音也混亂嘈雜起來。小笨貓聽見了小小軍團三個伙伴委屈的叫喊聲。

「貓哥！野原輝扣押了我們的智能手環！」喬拉在惱怒地大叫。

「我們小小軍團絕對不向哈皮軍團低頭！」彭嘭氣呼呼地大喊，但聲音很快被什麼堵住了。

「野原輝！欺負弱小你算什麼英雄！」小笨貓憤怒地喊道，儘管他知道野原輝根本聽不見，這只是一段留言。

「貓……貓哥！你不要答應他任何條件，我們挺得住！」馬達斷斷續續地喊道。

「你們當然挺得住！」野原輝轉過身，留給小笨貓一個碩大的後腦勺，「你們剛剛吃的滷肉飯，還有夜宵！賬全都算在笨貓頭上。」

小笨貓尷尬地抽了抽嘴角。

「笨貓，如果你不準時到，我保證你們小小軍團，全軍『夏』沒！」野原輝面紅耳赤地繼續大喊。

「輝哥，那個叫『全軍覆沒』。」司明威小聲提醒。

「少廢話！」野原輝大聲咆哮，「誰又用我的賬號點了火鍋？」

小笨貓強制關閉了小牛四號的電源，吵鬧聲戛然而止，小牛四號的雙眼也暗淡下來了。小笨貓轉身跑回車廂裏，拍了拍身上的雨水，輕歎了一口氣，看來小小軍團的兄弟們目前不會有什麼事。

「白雲衛士，現在幾點了？」他神色疲倦地問。

「周四，凌晨2:30。」氣球人回答。

「時間應該足夠了。」小笨貓說，「正好，我需要檢測一下改造後的小牛四號的性能。」

「野豬攔路者是保鏢級機械人的二代機型。」氣球人說，

「如果小牛四號能順利改造完成，勝率將達到

54.1425%。」

「看着吧。」小笨貓幹勁十足地卷起袖子，「這次我們一定會贏。」

接下來的時間，小笨貓甚至沒有空吃飯和睡覺。他顧不上洗身上和臉上黑乎乎的機油，還要提防着不被突然啟動的小牛四號嚇一跳……

他每次疲倦到極限，便靠在小牛四號的身上打一個盹兒，但很快便又醒過來，繼續忙碌。

到了周四的傍晚，小牛四號終於改造完成了。這是一個在小牛四號 • 經濟型的基礎之上完成的改良方案。累贅的設計被抹去，機械人的外形也有所變化，原本模樣呆萌的前臉變得霸氣十足，圓溜溜的前燈如今眼尾上挑，頭頂的排氣管變成了雄壯「公牛角」，最為特別的是，鋼鐵履帶下方安裝了兩個橡膠包裹的金屬滾輪。

此時，天空一片暮色。

氣球人和機械貓咪開啟了節能模式。小笨貓駕駛小牛四號來到了距離小山洞稍遠的空地上。

小笨貓雖然已經兩天沒有好好睡覺，頭髮像一堆亂草，渾身髒兮兮的，手掌和手臂到處都是傷痕，卻格外地精神。

「小牛，我們一定要試驗成功。」小笨貓緊握遙控手柄說，因為疲倦而沙啞的聲音透露着難以名狀的興奮，

「開始吧。」他深吸一口氣，摁下了機械人的啟動鍵。小牛四號眼睛亮了起來。在唱完幾首兒歌之後，它突然揮動手臂，做出了一連串威武帥氣的姿勢。

「我給你的開機程序裏添加了火焰菲克的招牌動作。你喜歡嗎？」小笨貓十分滿意地說。

「沐恩，你做得非常棒。」小牛四號的聲音聽起來高興極了。

「不用客氣！」小笨貓開心地衝小牛四號眨了眨眼睛，「好了，我們再來測試一下其他功能。」他慢慢地搖動手柄。小牛四號腳下的滾輪靈活地轉動起來。

小笨貓的臉上浮現出一絲欣喜的神色。

「棒極了！」他小心翼翼地摁下按鈕，「現在試一試變形。」

小牛四號發出機械軸承的伸縮聲，以及金屬的碰撞聲。小笨貓感覺這些聲音實在是美妙極了！只花了不到6秒鐘的時間，小牛四號就完成了保姆機甲衛士的變形，整個過程一氣呵成。

小笨貓興奮得直喘粗氣。他走上前，疼愛地輕輕撫摩了一下小牛四號，然後矯健地跳上了駕駛艙。

「現在讓我們感受一下你的極限速度。」小笨貓激動地提升小牛四號的速度，小牛四號的屏幕不停地閃爍着紅燈。

「嚴重超速！危險！危險！」

「不用擔心。」小笨貓笑着輕拍了一下小牛四號，「測試出危險的邊界，反而是最有效的安全措施。」

小牛四號像在沉思般，眼睛閃爍了幾下：「收到指令。警報系統已解除，啟動最高安全等級保護程序，全速前進。」

遙控手柄屏幕上的數字在飛快跳動，小笨貓緊張地深吸一口氣，開始倒計時：

「5——4——3——2——1！」

小牛四號突然像離弦的箭一般向前衝了出去。小笨貓死死地抓住前面的扶桿，他發現不知道什麼時候，小牛四號已自動為他繫好了安全帶。

小牛四號的雙眼在前方的黑暗中投射出兩束明亮的白光，它轉着滾輪向前飛馳，速度在不停地飆升。小笨貓的心在狂跳，風在他耳邊呼呼作響。他彷彿被前方的空氣壓着一樣，感覺到胸口有些沉悶、呼吸困難，卻欣喜得心醉神迷。

伴隨着迎面而來的狂風，小笨貓興奮得高喊出聲：「啊——」他摁下避險模式的按鈕。小牛四號的滾輪靈活地轉動起來，自動分裂成三個小型的滾輪，調整了前進模式，一路蛇行着，靈活地避開了地上的坑洞和石塊。

「喲呵——」小笨貓激動得大叫，將遙控手柄的速度擋位撥到最高。

忽然間，一輛廢棄的運輸車出現在白色的光束中。而廢車的一邊是一塊高地，另一邊有一個看起來並不淺的大坑，裏面也停放着廢舊的車輛！因為距離太近，小牛四號已經來不及轉向，迎面朝廢車撞了上去——

小笨貓嚇得大聲驚呼，冷汗淋漓。

而小牛四號竟然衝上了車頂，借着衝勁在半空中飛出了一道漂亮的弧線。小笨貓害怕地閉上了眼睛，沒想到小牛四號最後竟穩穩當當地落到了地面上，還彈性十足地跳了兩下，然後繼續向前飛馳。

「簡直……像做夢一樣！」小笨貓大口喘着粗氣，激動地大叫。他沉浸在剛才那一個跳躍的狂喜中，完全忘記了還需要繼續操控遙控手柄。

這時，一棵粗壯的大樹出現在小牛四號的照明中。

小笨貓突然回過神，驚叫着用力摁下了停止鍵，小牛四號的滾輪發出激烈摩擦的吱吱聲，最後在距離大樹只剩下十釐米的地方才停了下來，滾輪冒出一團帶着焦味的白煙。

小笨貓驚魂未定，要不是被小牛四號的安全帶繫住了，剛才他多半已經摔出去了。

然而，小笨貓卻絲毫不在意。

他狂喜地跳下駕駛艙，大口喘着氣說：「小牛四號！你太棒了！白雲衛士說，你的晶片已經被完全激活，沒有想到居然厲害了這麼多！」

「沐恩，謝謝你沒有放棄我！」小牛四號的聲音中充滿了和小笨貓一樣的喜悅，「檢測歷史紀錄數據顯示，小牛四號累計壞損119次，被完整修復119次。沐恩，你做得棒極了。」

小笨貓說：「就算你壞掉一萬次，我也會把你修好一萬次。小牛，這是我們的約定！」

「謝謝你，沐恩。」小牛四號微微耷拉着金屬眉毛，看起來似乎非常感動。

「不過小牛，接下來你可要學會保護自己，千萬不能逞英雄，我已經很窮了！」小笨貓叉着腰提醒。

「保姆機械人在主人受到威脅時，將啟動竭盡全力模式。」小牛四號認真地說。

其實小笨貓感覺有些內疚——一直以來，小牛四號哪一次受傷不是因為他闖禍呢？

「對了……小牛，我教你一個絕招兒！」小笨貓靈機一動，高高地挑了挑眉毛，「以後萬一遇到難纏的傢伙，你就大喊『啟動自爆程序』，然後開始倒數計時！當然，你是保姆機械人，不會有自爆程序，這樣做只是為了把對方嚇跑而已！」

「收到。」小牛四號回答。

「小牛，你做得棒極了！」小笨貓開心地笑着抬起手臂，握拳伸向小牛四號。

小牛四號停頓了片刻，揮動機械手臂，握拳用力碰了上去，但力度太大了，小笨貓被小牛四號碰倒在了地上。

「如果你能力氣小點兒就更好了。」小笨貓苦笑着說。

「我很抱歉。」小牛四號的金屬眉毛委屈地耷拉了下來，圓溜溜的車燈眼睛，在小笨貓的臉上投射下一抹溫柔的白光。

小笨貓忍不住哈哈大笑起來，爽朗的笑聲在荒地上回響，飄向空中。但他卻不知道，此時的廢鐵鎮即將發生什麼。

暮色漸濃，廢鐵鎮逐漸安靜下來了。

燈火寂寥的街道上，先是跑過一隻機械杜賓犬，到了街角，就變成一攤「黑色流水」沿着房屋的牆角悄無聲息地流竄。它經過還沒打烊的老地方餐館時，暗沉的燈火令它顯現出真實的模樣，那是一羣黑金甲蟲，正聚集在一起快速地爬行。

黑金甲蟲羣穿街過巷，從幾個睡在街角的流浪漢身旁驚走幾隻機械老鼠。只是黑金甲蟲羣的移動速度比機械

老鼠快得多，如同一片會移動的沼澤，瞬間將機械老鼠覆蓋並且吞沒，離開時只留下幾顆原本屬機械老鼠的爛零件。

沒過多久，黑金甲蟲羣便來到廢鐵鎮警察局門口。

警察局的門牌由幾根藍白相間的霓虹燈管拼接而成，但因為年久失修，電線裏偶爾冒出幾簇電火花。

黑金甲蟲羣從門縫鑽進了警長辦公室裏。駱基士警長正愁眉苦臉地看着一份厚厚的文件。

黑金甲蟲們從駱基士警長的腿上爬過，其中一隻甲蟲似乎對駱基士警長的黃銅皮帶扣尤其感興趣，脫離隊伍爬了過去。皮帶扣在甲蟲碰觸它的瞬間發出了一陣電流，那隻甲蟲跌落在地，發出細小的聲響。駱基士警長迷惑地低頭看了一眼，繼續閱讀文件去了。

黑金甲蟲們飛快地爬向辦公室的角落，那裏擺放着一列塞滿玻璃纖維記憶板的鐵架。那是一張張書頁薄厚的透明記憶板，用激光微雕技術儲存着廢鐵鎮每一位居民的個人信息、生平經歷和出入境記錄。

即使是在這個線上儲存功能非常完善的時代，為了資料的安全，警察局的基礎文件卻依舊堅持用離線模式下的固態記憶體保存。

黑金甲蟲們不得不將存儲板逐一翻出來查閱。它們爬過儲存了稻草堆農場牛奶奶資料的存儲板。滿臉皺紋的牛

奶奶，居然曾經參加過2026年的女團選秀活動！而當它們
爬過儲存老沐茲恪資料的儲存板時，停留在那裏仔細地掃
描。老沐茲恪的生平經歷大部分都被刪去，只剩下一片顯
示為亂碼的戶籍轉移證明。

黑金甲蟲們似乎並不關心這些。

它們頭頂上方，不斷跳出猩紅色的全息文字：

沒過多久，木架上的記憶體快被檢查完了，黑金甲蟲
羣沒有找到任何與陳嘉諾有關的登記信息。它們抽出木架
上最後一個存儲板。小笨貓沐恩玩世不恭的一寸照片顯示
在右上角，黑金甲蟲羣的上方突然紅光大亮，將記憶體的
每一寸信息都掃描拷貝了一遍。

兩行全息文字在黑金甲蟲羣上空浮現。暗紅色的光亮
在辦公室裏詭異閃爍。

　　黑金甲蟲羣隨後從擺放記憶板的鐵架上爬下來，朝警長辦公室外爬去。它們到達辦公室門口時，飛快地互相拼接組合，眨眼間便變形成了機械杜賓犬092號。

　　機械杜賓犬092號抬頭望向遠處半山腰上的古物天閣，在夜色中發出一聲沉悶的低吼。它飛快地朝古物天閣的方向奔跑過去，疾行的身影消失在濃濃夜色中。

　　就在此時，燈光昏黃寂寥的古物天閣中，老沐茲恪正獨自坐在客廳裏昏昏欲睡。古物天閣已經安靜好幾天了，既沒有居民們來排隊告狀，也沒有小笨貓在屋子裏大呼小叫。

　　老沐茲恪含混不清地嘟囔抱怨着。旁邊的小廚房裏，阿里嘎多正圍着圍裙，一板一眼地刷着碗。

　　他們都沒有想到，一隻機械杜賓犬正在垃圾山大道的金屬廢物間狂奔，揚起一路煙塵，最終停在了古物天閣前面。

　　機械杜賓犬繞着古物天閣查看了一圈，最終將目光鎖定在牆角的排水管上。下一秒，它的機械身體散落成無數隻黑金甲蟲，如同黑水般流進了排水管中。

　　黑金甲蟲以極快的速度向上攀爬，很快就從廚房牆根不起眼的地漏中湧出，向四周蔓延。

　　水流聲和老沐茲恪忽高忽低的叫嚷聲，遮掩了黑金甲蟲們發出的噪音。阿里嘎多只顧着專心刷碗，絲毫沒有察

覺到異樣。

黑金甲蟲們四處遊走，掃描着附近的物件。廚房裏鍋碗瓢盆與各類老舊電器的數據，一一浮現在甲蟲羣上方，只是這些破爛玩意兒根本沒什麼搜尋價值，直至它們掃描到了角落裏兩米高的廢舊食品冷藏庫，才突然有了輕微的反應。

黑金甲蟲們從阿里嘎多的腳邊穿過，紛紛爬上了冷藏庫門板，但旋即就被門板上發出的一股強大電流擊中！

黑金甲蟲們被電得渾身冒出火花，上方的虛擬文字拼命閃着刺眼紅光，提醒着它們系統過載，請稍後再試。電流過後，一個冷冰冰的人工智能音響起：「授權無效，禁止入內！」

客廳裏立刻傳來了老沐茲恪的低吼：「阿里嘎多，別亂碰冷藏庫，否則我就把你送給鎮上的孤兒院當門衛！」

正在刷碗的阿里嘎多嚇得一哆嗦，不慎把擺放筷子刀叉的儲物籃打翻了。

它看了看離自己八米遠的冷藏庫，這時似乎有一隻小蟲子飛快地鑽到了碗櫥下方。

「阿……阿里嘎多……」阿里嘎多無辜地反駁。

老沐茲恪嘟嘟囔囔地從輪椅上坐起來，看向廚房的方

向，機械眼的紅光格外明亮。

黑金甲蟲羣躲進碗櫥下，迅速躲入陰影之中，小心翼翼地觀察着廚房裏的動靜，直到阿里嘎多從廚房離開，黑金甲蟲們才紛紛爬出，飛快躥向了閣樓。

它們迅速爬到了古物天閣的最頂層。這裏唯一的房間門外，貼着機甲海報和「私人領地，非請勿入」的門牌。黑金甲蟲們瞄準了一條門縫，飛快地鑽了進去。

門後的房間依舊保持着小笨貓離家出走前的模樣。牀鋪亂糟糟的，模型、機甲和零件堆得遍地都是。黑金甲蟲羣像一道黑色潮水般湧向前，沒走多遠就被一條牛仔褲下的捕蠅板粘住了腳，它們惱怒地在牛仔褲上吞噬了一個大洞，並且將捕蠅板上的蒼蠅和幾隻僵化多時的蟑螂都啃了個乾淨。

黑金甲蟲羣發出一陣急促的咔嗒聲。它們的眼睛在黑暗中閃着紅光，逐一掃描着周圍的電子設備。

最終，黑金甲蟲羣的目標落在了斜靠在牀頭的老式VR頭盔上。

它們沿着被子爬上牀鋪，幾隻甲蟲爬進了頭盔的數據接口中，一個輕微聲音在房間裏響起：「接入最近登錄賬號，留言確認中⋯⋯」

「周五下午三點，帶上你的小破牛來水星公園！我和你比一場銀翼聯盟的線下訓練賽⋯⋯」

一條來自野原輝的留言引起了甲蟲羣的注意。

「目標地點，關鍵詞『水星公園』。」黑金甲蟲們切斷了控制，輕輕地爬下牀鋪，準備離開。然而，當它們走過火焰菲克海報下方平整的地板時，不知道觸碰到了什麼按鈕，那張海報突然瘋狂扭動起來，火爆的背景音樂瞬間響徹整個房間——

「銀翼聯盟的傳説！火焰菲克與雄獅V型！」

黑金甲蟲們頓時停下了動作，地板下傳來劇烈的震動，它們驚動了老沐茲恪！

沒過幾秒，老沐茲恪便怒氣衝衝地操控着機械輪椅爬上閣樓，撞開了房門。

昏暗的房間中灰塵翻滾，只有牆上的電子海報正在重複着單調的廣告詞，幾隻機械蟑螂在牆腳亂竄，似乎一切只是蟲子弄出的鬧劇罷了。

老沐茲恪目光中躍動的火苗漸漸平息了下來，逐漸轉變為失望：「這個小子，到底什麼時候才知道回家……」

他歎着氣關閉了聒噪的電子海報，經過鐵皮櫃的時候，忍不住拿起一個數字相框——

照片上，是一個氣質優雅的年輕女人微笑着望向懷抱中的嬰兒。

老沐茲恪蒼老的指尖輕輕拂過照片的表面，渾濁的眼

晴充滿了哀傷：「難道我又要錯一次嗎？」

此時的古物天閣外，黑金甲蟲羣早已悄無聲息地跳落到地上，在排水管所在的黑暗角落裏，再次變形成機械杜賓犬。

機械杜賓犬猩紅色的雙眼悄然點亮，吠叫着朝月光暗淡的黑暗深處跑去。

第 8 幕 • 結束

咔嚓咔嚓!

第 9 幕

水星競技台

　　第二天，在稍做休息後，小笨貓便迫不及待地駕駛着小牛四號，和氣球人一起趕往與野原輝約好的地點。

　　水星公園位於落霞鎮郊外。第三次火山灰戰爭時，這裏的設施全都被毀得不像樣子了。

　　如今公園成了機甲愛好者聚集的一處勝地，附近幾個鎮子的機甲愛好者們，時常帶着自己的機械人來這裏較量。小笨貓並不是第一次來這裏，但過去他和野原輝的較

量，每次都以慘敗告終。

他們穿過了公園爬滿藤蔓的破敗大門，沿着一條鋪着厚厚枯葉的道路往前走。沿路兩邊的植物正緩慢侵蝕着蓋滿塵土的廢舊遊樂設施，看起來荒涼肅殺。

掛着的秋千散出濃濃的憂傷氣息；殘破斑駁的旋轉木馬早已毫無生氣；粉紅色的城堡和五顏六色的小火車被厚厚的落葉和灌木覆蓋；街上的店鋪、餐館和精品店內，亂糟糟地扔着生銹的桌椅……

他們飛快地往前走，經過一個泡着生銹轉椅的池塘後，到達了公園中央的位置——一個巨大的摩天輪前。這座生鏽的摩天輪是水星公園的標誌，許多年沒人坐了，死氣沉沉地矗立在一片荒草叢生的水泥地上，唯一能動的就是它的轎廂，在風中搖曳，發出空洞的嘎吱聲響。

小笨貓和氣球人以及小牛四號，走進摩天輪下方那片荒草地。一羣穿着和打扮前衛張揚的年輕人，正三三兩兩地聚集在這裏，高聲談笑。各種造型古怪的機械人站在他們附近。他們紛紛朝小笨貓和氣球人投來好奇的目光，有的則放肆地大聲嘲笑。

「那不是上次被揍得哇哇大哭的保姆機械人嗎？」一個青年在不遠處怪叫，朝小笨貓投來嫌棄的目光，圍在他旁邊的人放肆大笑起來。

小笨貓沒有理睬他，操控小牛四號繼續往前走。

　　沒過多久，他便看見了哈皮軍團一夥，他們正囂張地並排站在那裏。小小軍團的另外三個男孩兒被茅石強兄弟扣押在一旁，灰溜溜地低着頭。

　　「膽子只有老鼠大的笨貓，你總算出現了！呦，還把破牛改造了，可看上去還是那麼寒酸！」野原輝冷冷地打量小笨貓、小牛四號以及氣球人。機械人野豬攔路者站在他的身後。哈皮軍團的小個子軍師司明威在他的身旁尖酸地冷笑着。

　　「野原輝，把我的兄弟們放了！」小笨貓抱着胳膊大聲說，對哈皮軍團絲毫不畏懼。

　　「貓哥！你來了！」馬達驚喜地睜大眼睛。

　　「你把小牛四號修好了？」喬拉驚訝地問，「好樣的，貓哥！」

　　「笨貓，你先等等！」彭嘭油光滿面地嚼着食物，「我們幫你點了奶茶，野原輝買的單，你喝完再上場！」

　　「閉嘴，一邊涼快去！」野原輝氣急敗壞地說，「要不是我哥野原煌說過，正義之軍從不虐待俘虜，你們這兩天胡吃海喝，早就被我揍得滿頭包了！把他們弄到後面去！」

　　茅石強兄弟應聲將三個男孩兒帶到了稍遠的地方。

　　小笨貓擔憂地看了一眼伙伴們，努力地保持着鎮定。

「野原輝，我答應和你比賽。按照約定，只要我贏了，就放了我的兄弟們，另外——」小笨貓壞笑着輕哼，「我要求打三個回合，三局兩勝。如果我贏了——第一，放了我的兄弟們；第二，把智能手環還給他們；第三，哈皮軍團集體圍着這裏跑三圈。另外，你還要負責賠償小牛四號因為這次比賽所產生的修理費。」

「居然敢跟我談條件？」野原輝怒氣沖沖地走到小笨貓面前，鼻孔朝他直噴粗氣，「笨貓，別說三回合，在我的野豬攔路者面前，你的破牛半回合都堅持不住！想贏？做夢！」

「但如果我贏了呢？」小笨貓毫不退讓地揚起下巴問。

野原輝和他的同夥們放肆大笑，將周圍人的目光全都吸引了過來，人羣漸漸向他們聚集過來。

「如果是那樣，我野原輝答應你剛才的全部要求！」他大聲咆哮着。圍觀的人全都吹着口哨，大聲起哄。

「老大……」茅石強兄弟擔心地說。

「少囉唆！」野原輝惱羞成怒地大叫，推開茅石強兄弟和司明威，用手指戳着小笨貓的肩膀，「給我等着，笨貓！我保證不讓你的破牛死得太慘！」

「一言既出——」小笨貓抬起右手。

「一萬匹馬都難追！」野原輝在半空和他用力擊掌。

廢棄摩天輪前的空地上，人羣自動以小笨貓和野原輝為中心散開，圍成了一個大圈，紛紛亢奮地揮着拳頭叫嚷着。

「野豬小子！讓我們見識一下保鏢級機械人的威力！」

「那個小保姆機械人死定嘍！被拆成零件説不定還能值點兒錢！」

吭吭！邦邦！野豬攔路者高高地舉起機械臂，轉動笨重的身體向周圍人示意，發出一陣悶響。

它高約三米，有些變形的「野豬臉」被漆成了綠色；碩大的「豬鼻子」正噴着白色熱氣；圓滾滾的鋼鐵肚子上有一個「壓力錶」，指針正在代表「危險高壓」的紅色區域邊緣徘徊。

小笨貓不理會周圍人的叫聲，自顧自地掏出工具包，開始為小牛四號進行比賽前最後的維護。氣球人退後幾步。

小小軍團的三個男孩兒被茅石強兄弟擋在一旁，焦急地叫嚷着。

野原輝用眼神示意了一下，司明威拿出一個金屬球走出了人羣。他動作誇張地高高舉起手臂，摁下金屬球的一個按鈕。金屬球懸浮到了半空中，雕刻在球體上的一對機械翅膀亮起了橙色的光，在空地上投射下AR影像——

　　四個鋼鐵造型的文字「銀翼聯盟」，在空地中央燃燒。成千上萬的猩紅火星在空氣中四處飛散，然後變成了無數紅色的落葉，小笨貓周圍的空地，也隨之變成了一條紅葉紛飛的廢棄街道。

　　這時，一個伸展着銀色巨翼的機械人，突然從天而降，單膝半跪在街道上。對面一個身穿藍色輕型外骨骼機甲的戰士，雙手緊握一柄激光長劍，踏着落葉飛奔過來。

　　AR影像成功地將人羣的情緒調動了起來。互為對手的小笨貓和野原輝，一時也熱血沸騰，眼睛熠熠生輝。

　　全息影像繼續播放。銀翼機械人抬起手臂，張開一面藍色激光盾，擋住了猛攻過來的激光長劍。劍與盾猛烈撞擊，迸射出刺眼的火花。一個渾厚的男性人工智能語音隨之響起：「榮耀的堅盾，為何而張？燃燒的利刃，為誰緊握？」漫天紅葉熊熊燃燒起來，街道的影像在大火中消失。

　　當火焰熄滅，他們的周圍變成了一片被冰雪覆蓋的廢棄廠房。狂風暴雪接踵而至。一個造型像古代勇士的機械人和有三個頭的機械人，正在怒吼着揮動鐵拳，激烈地搏鬥。它們都有十多米高，每一次揮動鋼鐵巨拳砸在對手高大的身軀上，大地彷彿都在震顫。

　　「銀翼聯盟設有機甲駕駛員的訓練基地，是星海騎士

的誕生之所。這裏有上百種虛擬擂台與戰場，多種戰鬥模式。」智能語音激昂地說。

全息影像開始飛快地閃現。各種造型和動力系統的機械人，以及穿着外骨骼機甲的選手，在城市、森林、沙漠，甚至天空中激烈地戰鬥着。無數個虛擬徽標像雨點般從半空中落下。小笨貓看見火焰菲克所在的岩石城雄獅隊的隊徽也在其中，心中頓時肅然起敬。

「歡迎您來到銀翼聯盟，無畏的機甲駕駛員，祝您戰無不勝，攻無不克！」一陣激昂的音樂響起，全息影像最終在數百個機械人和駕駛員的合影中定格。

「這是銀翼聯盟最新的宣傳片！太帥了！我要像火焰菲克那樣，成為最強的機甲戰神！」小笨貓激動地大叫。

「就憑你？做夢！」野原輝臉漲得通紅，大叫，「能成為最強機甲戰神的，一定是我野原輝！總有一天，我會登上『銀翼聯盟榮耀排行榜』，向我哥野原煌證明，我也能和他一樣，成為一名星海騎士，成為拯救世界的英雄！笨貓，你就乖乖地做我的踏腳石吧！」

「究竟誰是踏腳石，還不一定呢！」小笨貓毫不示弱地說，「開戰吧！」

「不知好歹！」野原輝大叫，壞笑着用拇指蹭了蹭鼻子，「但要的就是你這不怕死的勁兒，否則就沒意思了！」

銀翼渾天球① 飛快地閃爍了幾下，機械人和駕駛員的虛擬影像消失了。野豬攔路者和小牛四號藍色的虛擬模型，分別出現在了空地兩端，顯示出兩個機械人的性能參數。

「已搜索到聯網機械人。」一個女性人工智能語音說，「本場訓練賽為自定義：回合制，三局兩勝，每回合三分鐘。小牛四號在三分鐘內未被擊倒即可獲勝。虛擬訓練賽場：隨機選擇。機械人需遵守虛擬訓練賽場的規則。」

人工智能的語音剛落，許多透明小光球就出現在空氣中。每個光球裏都有着不同的地貌和景象，下方顯示着虛擬文字標籤：火星空間站、83號海灘、荒漠原野……畫面不斷輪換。這時，一個光球飛速變大，當它炸裂後，摩天輪前的荒草空地上，投影出一大片鬱鬱蔥蔥的山谷。幾隻始祖鳥在雲層低矮的天空中鳴叫着飛過。

不僅如此，在這片山谷裏，還行走着幾頭巨大的恐龍。有脖子細長的雷龍，最高的有十幾米；還有三角龍，正低頭在草叢裏尋覓食物。只不過它們的身體都有一部分是由金屬和機械構成的，看上去像遠古的生化機械獸。

---

①**銀翼渾天球：**是銀翼聯盟線下賽的必備道具。主要提供各類 AR 賽場，並且將比賽的各項數據實時上傳。比賽獲勝的機甲駕駛員將獲得榮耀積分，積分高低將影響機甲駕駛員在「銀翼聯盟榮耀排行榜」中的排名。

　　小笨貓目不暇接，這個場地看上去有些陌生。「這是上個月在銀翼聯盟嘉年華上公布的新虛擬訓練賽場！」旁邊有一個觀眾激動地叫嚷。

　　「歡迎來到『遠古時代機械谷』！」一個穿着土黃色探險背心，戴着漁夫帽的大眼睛男青年，駕駛一輛懸浮的綠皮越野車，突然出現在山谷中。他和周圍的山谷、恐龍一樣，都是虛擬影像。

　　「各位好，我是這裏的『恐龍飼養員』金力！順便為選擇在這張虛擬地圖中比賽的人做裁判。」金力翻身跳到了車頂，激情四射地大喊，「今天比賽的主角，是一頭朋克風的野豬，號稱『新手噩夢』的保鏢機械人——野豬攔路者！戰力積分：12分！榮耀榜未上榜！」

　　圍觀人羣揮着拳頭和周圍的機械恐龍一起大叫起來。

　　野原輝像黑猩猩一樣高舉雙臂咆哮，野豬攔路者也舉起機械臂向觀眾們示意。

　　「而它的挑戰者是剛剛起死回生的小奶牛，曾數次與野豬攔路者在賽場上擦肩而過的保姆機械人，破牛四號！」金力大喊，「戰力積分：2分！榮耀榜未上榜！」

　　「它叫小牛四號！」小笨貓生氣地説。但周圍吵鬧聲一片，小笨貓的聲音根本無法被別人聽到。

　　「今天，小破牛和野豬將在這裏拼死一戰！」金力激

動地説，「遺憾的是，由於這裏是初級賽場，本地圖的恐龍不能攻擊參賽機械人。但在比賽中，機械人不能撞擊和冒犯它們，否則均被視為失敗！另外，16歲以下選手，禁止使用傷害性武器。好了，廢話少説。請機甲勇士們準備好，比賽開始！」

機械恐龍們仰頭發出一陣吼叫聲。

人羣激動不已地跟着大聲歡呼起來。

「小牛，加油！給野豬一點兒顏色看看！」小笨貓在吵鬧聲中對小牛四號大聲説，「還記得我教你的那些絕招兒嗎？今天我們一定能贏！」

「接受指令。」小牛四號回答，「一定能贏！」

小笨貓扭動了一圈脖子，活動了一下手腳，和小牛四號輕輕碰拳，眼神中透露着自信。

小牛四號就像毫無畏懼之心的小牛犢，從容不迫地朝虛擬地圖中央走去。野豬攔路者的步伐比小牛四號果斷自信得多，它每踏一步，地面彷彿都在震動。

「笨貓，和你的牛寶寶準備好一起哭吧！」野原輝自信滿滿地操控着遙控手柄，大聲叫囂。

「野原輝，你得意得太早了！」小笨貓胸有成竹地翹起嘴角。他飛快地操控手中的遙控手柄，驅動小牛四號，「這傢伙雖然很壯，但只會揮拳頭。小牛，注意躲避。」

他的話音還沒落，野豬攔路者便轟鳴着朝小牛四號衝

撞過來。

小笨貓眼疾手快，立刻操控小牛四號轉動腳下的滾輪，敏捷地躲閃到了一邊。野豬攔路者由於慣性繼續往前沖，差點兒撞到了從旁邊經過的一隻小巧的秀頜龍。

觀眾們全都緊張地屏住了呼吸，隨即大聲叫喊起來。

「真是危險。」金力盤腿坐在懸浮越野車頂，在圍觀人羣的大喊大叫聲中幸災樂禍地說，「在戰鬥中，力量和勇猛並不能決定一切，還需要動動腦。」

「笨貓！只知道像賊老鼠一樣逃跑！」野原輝氣急敗壞地大聲說，「有本事和我的野豬攔路者正面較量！」

「正面較量？好吧，這可是你說的。」小笨貓壞笑着高聲說，「小牛，啟用一號作戰方案。」

「接受指令。」小牛四號低聲轟鳴，擺出一副準備進攻的姿勢。

「笨貓，看招！」野原輝大喝一聲，操控野豬攔路者避開一隻荊棘龍，朝小牛四號襲來。只見野豬攔路者從背後抽出一個拖着鐵鍊的鐵鈎，又把鐵鈎發射了出來！

「這是什麼裝置？」小笨貓驚訝地遙控手柄，指揮小牛四號成功閃避了鐵鈎的襲擊。然而下一秒，鐵鈎卻噴射出藍焰折返回來，拖拽着鐵鍊緊緊纏繞住小牛四號的脖

子。

小牛四號拼命掙扎卻無法擺脫鐵鍊，反而被鐵鍊猛地拽倒，差點兒撞到了秀頜龍。

「這可不妙，」金力解説道，「誤判對手的實力，可是戰鬥的大忌。」

「小笨貓！嚇破膽了吧？我改造了野豬攔路者。這是我研發的新招『野豬飛爪』！」野原輝得意地比畫了一下，「不過更厲害的還在後面！等着瞧吧！」

「小牛，快掙脱鐵鍊！」小笨貓焦急地喊。

小牛四號掙扎着想要擺脱，不料，野豬攔路者已經開始收回鐵鈎，將小牛四號拽到了它的面前。

草木茂盛的河谷中，響起金屬劇烈碰撞的巨響。

「小牛！一定要挺住！」小笨貓焦急地大喊，眼睛死死地盯着野豬攔路者肚子上的「壓力錶」。隨着野豬攔路者能量的釋放，壓力指針回到了綠色「低壓」區。

「它的蓄力用完了，趁現在！」小笨貓飛快地操控遙控手柄。小牛四號的圓形汽燈閃爍了兩下，發出一個智能語音：「小牛四號正在重啟。請稍候。」

「小破牛重啟？」金力冷嘲熱諷地笑着説，「難道它第一個回合都挺不過去嗎？」

就在觀眾們對小牛四號大聲嘲笑之時，一團巨大的黃煙伴隨着詭異的噗噗聲從小牛四號的機械身體裏冒了出

來。霎時間，滾滾濃煙彌漫了整個遠古時代機械谷，將兩個機械人與周圍的一切隔離開來。野豬攔路者在濃煙中茫然地轟鳴。

「小牛四號！快閃開！」小笨貓大聲說。

小牛四號轉動輪子，向後轉了個身，甩掉了野豬攔路者的鐵鈎。一隻異齒龍大吼着走過。

「可惡，什麼都看不見了！」野原輝在煙塵外破口大罵，「笨貓，你居然敢耍詐！野豬攔路者，抓住破牛！這次把它直接拆成零件！」

徐徐而來的風，令滾滾黃煙在遠古時代機械谷中沒能飛揚太久。很快，小牛四號便再次暴露在了野豬攔路者面前。野豬攔路者抬起鐵鈎，瞄準了小牛四號。

「蛇形走位！」小笨貓大喊，「往左，往右！繞着恐龍影像，別讓它有機可乘！」

小牛四號飛快地在恐龍羣中左躲右閃。

野豬攔路者每次想要發射鐵鈎，小牛四號便躲藏到機械恐龍影像的後面，野豬攔路者只好將鐵鈎收回去。

「哦，這是在利用『機械人不可觸碰恐龍』的規則，可真是聰明的招數。」金力讚許地說，「不過，小破牛用這招能堅持到比賽最後嗎？現在開始第一回合倒計時——10——9——」

小小軍團的男孩兒們興奮地高聲大喊。圍觀的人羣也

沸騰起來了。

「輝哥！預判破牛的走位！」司明威焦急地叫嚷，「別急着出招！」

「破牛往左邊了！右邊！左邊！」茅石強兄弟大喊。

「統統給我閉嘴！」野原輝唾沫橫飛地怒吼，「我可不是只有這一個招式！」

「8──7──6──」倒數聲中，野豬攔路者再次發射鐵鈎。小牛四號突然加速從一隻雷龍的肚子下鑽過去，靈巧地躲過了鐵鈎。鐵鈎鈎在了旁邊的一塊石頭上。

「還想命中？沒那麼容易！」小笨貓得意地説。

野豬攔路者突然急速收縮鐵鍊，笨重的身體借着鐵鈎的拉力向前沖去，眨眼間便跑到了小牛四號的面前！

小笨貓來不及做出反應，野豬攔路者便一把抓住了小牛四號的身體，並將它推倒在地，小牛發出巨大的悶響聲，機械身體裏漏出了一攤機油。我也有新招，看我的！

「小牛！（倒數聲還在繼續：5──4──）」小笨貓錯愕地大喊。小小軍團的三個男孩兒，用手擋住眼睛，不忍直視。

野原輝發出了勝利的吼叫。他操控野豬攔路者揮動鐵錘機械臂，猛地朝剛爬起的小牛四號砸去。

小牛四號眼看要被鐵錘機械臂砸中，它突然大聲轟鳴

起來，並且發出急促的警報聲：「檢測到最高等級危險，啟動自爆程序。爆炸倒計時：3——2——」

「什麼？」野原輝高聲驚呼。高舉鐵錘機械臂的野豬攔路者隨之愣在了原地。

「1——」小牛四號和金力的聲音同時響起。而當聲音落下，小牛四號安然無恙，絲毫沒有要爆炸的跡象。

「時間到——第一回合結束！」金力大聲宣布。

在恐龍們的吼叫聲中，野豬攔路者的鐵錘機械臂落在地面上，砸出了一個大坑。

「可惡！」野原輝憤怒地大吼道，「竟然用這種卑劣的戰術！」

小笨貓激動地衝上前，和小牛四號輕輕碰了一下拳。

「我們贏啦！」小小軍團的男孩兒們大喊着，不顧一切地朝小笨貓衝了過來，圍着他和小牛四號又叫又跳。

就連氣球人頭頂上的虛擬屏幕也飄出了彩帶，滾動播放着字幕：

> 努力必有回報，再接再厲。

「野原輝，這可不是什麼卑劣的戰術。我爺爺說了，

這叫出奇制勝，正兒八經的兵法！」小笨貓一隻手臂搭在小牛四號身上得意地說，衝野原輝擠了擠眼睛。

圍觀人羣大聲地喝彩。哈皮軍團的男孩兒們鬱悶地面面相覷。

「統統給我住口！」野原輝滿臉漲得通紅，怒氣沖天地說，「笨貓，剛才……我……我是故意輸的！馬上開始第二回合，這次我要讓你們見識一下什麼是差距！」

「哦？那我就拭目以待！」小笨貓拍了拍小牛四號，嘴角咧出一個嘲諷的弧度。

第 9 幕・結束

野豬攔路者！

第 **10** 幕

大戰野豬攔路者

　　小笨貓燦爛的笑容被定格在一個巴掌大的舊電視顯示屏裏。

　　這是一輛回收海洋垃圾的小皮卡車，奔跑在距離廢鐵鎮不遠的沿海公路上。

　　一位留着絡腮鬍的中年大叔正坐在駕駛室中，一邊操控着碩大的方向盤，一邊望着嵌在控制台上的小電視屏幕，喃喃自語：

「今天在直播水星公園的銀翼聯盟線下訓練賽，參賽的居然是那個小鬼。」中年大叔輕笑着說，「他還真把那個破爛小機械人修好了，有兩下子。」

中年大叔重新看向車窗前方。

就在這時，他的臉色忽然一沉，猛地踩下了刹車。

在他的車輛前方，路中央突然出現了一隻黑色機械杜賓犬，雙眼亮着猩紅的光，殺氣騰騰地迎面撞過來。

皮卡車的輪胎摩擦地面，發出刺耳的吱吱聲。中年大叔刹車踩得太晚，車頭猛地撞上了黑色機械杜賓犬，發出金屬撞擊的巨大悶響。

「怎麼回事？」當車輛停穩後，他驚慌地跳下了駕駛座，趕往車頭前方查看。令他驚訝的是，黑色機械杜賓犬竟然從皮卡車頭冒出的滾滾黑煙中走了出來，並且安然無恙。

「好傢伙，你是什麼材料做的，還真耐撞！如果能回收就好了……」中年大叔吃驚地打量着黑色機械杜賓犬，伸出手想要查看它的材質。

就在這時，黑色機械杜賓犬的大嘴乃至全身，都像融化了一般，散落成無數隻黑金甲蟲，順着他的手臂飛快地爬滿全身，直至將他的臉完全遮掩。

中年大叔驚恐萬狀地大聲尖叫，最終因為窒息而昏倒

在地。

黑金甲蟲羣快速離開了中年大叔的身體，如黑色流水般湧進了皮卡車的駕駛室，車門自動關閉了。

而在駕駛室控制台的小屏幕中，小笨貓正專心致志地檢修着機械人小牛四號，準備下一回合的比賽。黑金甲蟲羣密密麻麻地附着在控制台上，發出咔咔嗒嗒的聲響，幾行猩紅色的文字投射在小電視屏幕的中央：

> ⚠ 發現 2 號任務目標：沐恩
>
> 地點：水星公園，全程 10 公里
>
> 任務指令：消滅

隨後，皮卡車自動開啟了發動機，朝着水星公園的方向急速駛去。

小笨貓並不知道危險正在快速朝他逼近。他檢修好小牛四號，準備繼續進行比賽。

「第二回合，我得給比賽加點兒料，否則都快打瞌睡了。」金力打了個哈欠。

幾隻機械迅猛龍號叫着奔跑了過來，其中一隻迅猛龍在小笨貓面前俯下身體，朝他張開長滿鋼鐵利齒的大嘴。

儘管小笨貓知道這只是全息影像，但仍然嚇得大氣都不敢出。

忽然，迅猛龍大吼一聲，朝不遠處的一隻機械角龍衝了過去，和它廝殺起來。山谷中響起一陣嘶吼聲。

「戰鬥是生物的天性，從遠古時代延續至今。」金力悠然自得地說，「這回合，機械人在競技的同時，依然不能觸碰機械恐龍。但我可不保證，狂暴的它們不會攻擊你們。」

恐龍齊聲吼叫，開始混亂地奔跑起來，山谷在它們笨重的腳步聲中震動，到處彌漫着滾滾沙塵。一些膽小的圍觀者尖叫着逃跑了。剩下的人也都戰戰兢兢的，勉強留在原地繼續觀看比賽。

「比賽開始！」金力在混亂中高聲宣布。

小牛四號和野豬攔路者一邊躲避周圍混亂的恐龍羣，一邊朝彼此靠近。

「野豬攔路者，鈎住破牛！」野原輝突然大喊。保鏢機械人毫不遲疑地發射出鐵鈎。

「這一招已經過時了！」小笨貓操控小牛四號轉動滾輪，毫不費力地躲過了攻擊。緊接着，機械人開始變形，幾秒鐘過後，兩米高的保姆機甲衞士腳踩滾輪，威風凜凜地站立在了那裏。

小笨貓得意地翹起嘴角：「從現在開始，是我們的表

演時間了！」

小牛四號滑動滾輪，極其靈巧地繞開混亂的恐龍羣，向前飛奔。野豬攔路者笨拙地追趕在它的身後，不停地揮舞着大鐵拳，或是發射鐵鈎，卻一無所獲。

「幹得好，貓哥！」喬拉高聲大喊，「就這樣堅持到第二回合結束！」

「笨貓！牛寶寶——堅持住！還有一分半鐘！」彭嘭緊張得聲音都變了。

「貓哥！小牛！加油！」馬達激動得像彈簧一樣不停地蹦跳。

「哼！笨貓，你以為像老鼠一樣繞來繞去，就能逃得過我的手掌心嗎？」野原輝高聲大喊，「看我的新招——野豬電磁波！」

野豬攔路者肚臍處的壓力錶飛快轉動，指針停在了「危險高壓」紅色區域，接着，它的肩膀上升起了兩根閃着電光的螺旋鐵柱。野豬攔路者就像一塊巨大的磁鐵，將小牛四號吸了過去。

「糟糕。」小笨貓臉色蒼白。小牛四號現在完全失去了控制。

「還想跑？」野原輝得意地尖聲大笑，「笨貓！你和破牛——完蛋了！」他用力敲擊遙控手柄，野豬攔路者一把夾住小牛四號，高高舉起鐵錘機械臂，砸在小牛的身

上。

砰！巨響聲中，小牛四號倒在了一邊，身體不停冒着電光和火星。

小笨貓驚愕得幾乎快要窒息了。

短暫沉默後，人羣激動地高聲大叫。小小軍團的三個男孩兒也在大聲喊着什麼，但小笨貓一句也聽不清楚。只有氣球人站在小笨貓身後，默不作聲。

「野豬攔路者，給破牛最後一擊！」野原輝大喊着操控手柄。野豬攔路者將小牛四號拎到了半空中，再次抬起了鐵錘機械臂。

「惡作劇垃圾槍——發射！」小笨貓突然大聲高呼。就在野豬攔路者的鐵錘機械臂快要再次砸下時，小牛四號的機械臂飛快轉動，變成了兩個發射器，並且瞄準了野豬攔路者。

一團髒兮兮的塑料扭蛋在半空中炸裂，從扭蛋中迸發出無數飛鏢造型的黑色磁鐵片，宛如暴雨朝野豬攔路者飛去，最後紛紛吸在了它的身上，砸出了無數個密密麻麻的小坑。

一瞬間，野豬攔路者雙眼的燈光熄滅了，它的機械臂也不再動彈，小牛四號則跌回到地上。

人羣一片靜默，只有機械恐龍們仍然在大聲吼叫。

　　小笨貓操控小牛四號跟蹌逃離野豬攔路者的攻擊範圍。

　　「那是什麼玩意兒？」野原輝氣急敗壞地皺緊眉頭，「野豬攔路者怎麼失靈了，往前！往左！」

　　「這是惡作劇垃圾槍，發射的磁鐵經過了特殊改造，可以短暫干擾機械人對遙控手柄信號的接收。」小笨貓既驚慌又得意，「可惜效力不會太長……」他的話音剛落，野豬攔路者重新啟動了。

　　「哼！雕蟲小技！」野原輝怒不可遏地讓野豬攔路者抹掉了額頭上的「磁鐵飛鏢」，再次蓄力，準備發出野豬電磁波。

　　小笨貓努力操控小牛四號抵抗電磁的吸力，但小牛四號轉向的滾輪已經受損，無法順利轉向了。它只好連續發射磁鐵飛鏢，毫無希望地掙扎。

　　「這還真是無謂的抵抗。」金力在喧囂的叫喊聲中說，「但倔強堅持到底的傢伙，是否能迎來新的曙光呢？至少現在並沒有。」

　　小牛四號最終被野豬攔路者抓住，狠狠地甩到了場地外。

　　恐龍們突然停止了奔跑，一齊仰起頭高聲吼叫。

　　金力大聲宣布：「第二回合——時間到——小牛四號離開場地，野豬攔路者獲勝！」

　　觀眾們在一旁狂呼，小小軍團的成員們各個臉色慘白地呆住了。司明威和茅石強兄弟把野原輝圍在中間，激動得手舞足蹈、大呼小叫。

　　氣球人的電子眼閃爍了兩下，轉頭朝水星公園大門的方向望去，頭頂上旋轉起兩行全息文字：

> 🚗　偵測到不穩定異常信號，
> 　　正在接近中……

　　然而，沒有人關心氣球人發出的信號。小小軍團和哈皮軍團，以及周圍所有的觀眾，全都沉浸在比賽的氛圍中。

　　「執着的選手，有趣的比賽。既然選手和觀眾們都不願意暫停，那麼——」金力高聲説，「第三回合現在開始！不過這一次，除了當心恐龍，還要小心滾滾的岩漿。戰鬥中的危險，往往並不僅僅來自對手，不是嗎？順便提醒兩位機械人駕駛員，不能讓機械人離開這片場地，否則系統將自動判定失敗！」

　　虛擬山谷突然地動山搖，發出天崩地裂般的轟隆巨響。

　　小笨貓驚訝地環顧左右，發現不遠處的「山峯」

冒出了滾滾濃煙，黑紅色的岩漿汩汩地湧向山腳下的樹林。不僅如此，上百頭機械恐龍，嘶吼着從樹林中驚慌地奔逃出來。圍觀的人羣驚嚇得高聲尖叫，下意識地東奔西逃。

小笨貓深吸一口氣，冷靜了下來，專心地操控遙控手柄。三局兩勝的比賽，他和野原輝各勝了一場，接下來就是決定這場比賽最終勝負的時刻了。

「發動最大能量——野豬衝撞！」野原輝怒吼。

野豬攔路者的機械身體在猛烈顫抖着，等到積蓄滿力量，忽然朝小牛四號猛衝了過來！

小笨貓死死地盯着越來越近的野豬攔路者，盡可能沉穩地呼吸。

小牛四號吃力地躲避着周圍奔跑的恐龍。周圍迴響着震耳欲聾的恐龍嘶吼聲和人們的吶喊聲。

「沉住氣，等到最佳時機……」小笨貓全神貫注地喃喃自語，忽然他的眼睛一亮，「就是現在！小牛四號，全力衝刺！把野豬攔路者當作一節破車廂！」

小牛四號的雙眼亮起最強的白光，朝着野豬攔路者飛奔了過去。小笨貓手中的遙控手柄上，機械人速度的數值在飛快跳動，一直到達最高數值。

「貓哥！你瘋了嗎？小牛會被撞廢的！」喬拉焦急地大叫。

「小牛——衝啊！」小笨貓不顧一切地放聲大喊，「啊啊——！」小牛四號和野豬攔路者用全力向對方衝去。

就在它們即將碰撞的一瞬間，小牛四號突然高高跳起，凌空躍過野豬攔路者的頭部，並且順勢衝到了它的背後，在空氣中劃過一道漂亮的拋物線後，穩穩當當地降落在了地上。

野豬攔路者笨重的身體則因為慣性繼續向前，徑直衝向了對面樹林中湧出來的岩漿裏。野原輝急忙扭動身體，調整野豬攔路者的方向，朝競技場邊界的一團濃霧沖去。但看樣子還是剎不住腳！

「我們贏了！」小笨貓高興地跳了起來，然而金力卻遲遲沒有說話。

轟隆隆隆——就在野豬攔路者即將觸碰到邊界線的剎那，它的背後突然升起兩個渦輪，呼嘯的狂風中，野豬攔路者龐大的身軀竟稍稍懸浮了起來！

「哼哼！剛才我沒有中招，這次同樣不會！笨貓，你和你的小破牛完蛋了！」野原輝笑着說道。

「老……老大，『蒸汽飛豬』形態還沒有完全改裝好，強行使用可能會讓野豬攔路者散架！」從觀眾們的叫喊聲中，傳來了司明威驚慌的聲音。

「少廢話！」野原輝怒不可遏地大吼。

野豬攔路者借着渦輪的動力折返回賽場，重新落回地面的一瞬間，將小牛四號一拳砸翻在地上。伴隨巨大的悶響聲，小牛四號的機械身體裏又漏出了一攤機油。

「小牛！」小笨貓驚愕地大喊。

圍觀人羣卻爆發出興奮的叫喊聲，為野豬攔路者的再度發力喝彩，茅石強兄弟和司明威更是激動地抱在一起，而小小軍團的三個男孩兒全都面色不忍，捏緊了拳頭。

「起來！小牛！加油！最後時刻，不要放棄！」小小軍團的男孩兒們焦急地大喊。

「最後時刻？」金力遺憾地聳了聳肩膀，「很遺憾，這個回合剩餘的時間，恐怕足以讓小破牛被揍成鐵餅了。」

哐哐哐！野豬攔路者不斷擊打小牛四號。小牛四號的金屬眉毛緊緊擠在一起，前臉的表情看起來就像一個正咬緊牙關，不讓自己哭出聲的倔強孩子。

小笨貓看着倒地挨揍的小牛四號，心如刀絞，他大聲高呼：「野原輝！住手！不要再打小牛了！」

「笨貓，你總算知道我的厲害了？可惜已經來不及了！」野原輝同樣怒不可遏，「野豬攔路者，把破牛給我拆了！」

野豬攔路者大聲轟鳴，粗壯的機械臂更加用力地錘打

小牛四號。

「住手！小牛四號，翻滾躲避！」小笨貓慌亂地操控着遙控手柄，但他的語音指令淹在全場觀眾沸騰的歡呼聲中。

小牛圓圓的車燈眼睛裏，白光已經越來越微弱了，可它始終堅持着不讓光芒熄滅。不僅如此，小牛四號的履帶早已斷裂，滾輪卻依舊努力地轉動，似乎仍然沒有放棄，努力地將野豬攔路者推出場地。

「小牛四號……和沐恩……一定能贏……」小牛四號喃喃重複着小笨貓的指令，就像是他們的約定。

「小牛四號……」小笨貓感覺鼻子一陣發酸，喉嚨裏澀澀的。他的目光突然一凜，再次變得堅定起來，「小牛四號，既然野原輝並不打算放過我們，那我們就死戰到底！我們一定能贏！」

小牛四號斷斷續續地轟鳴着，就像在回應小笨貓的話。

「小破牛的脾氣還真倔強，大概和它的主人一個樣。」金力看向賽場上依舊堅持不懈的小牛四號，調侃着說，「這個回合的時間就快到了，小破牛能堅持到最後嗎？」

「我可沒有耐心繼續陪你玩下去！」野原輝話音剛落，野豬攔路者背部的渦輪開到了最大功率。它居然抓着

小牛四號搖搖晃晃地升上了半空。

「野豬攔路者，把垃圾小破牛給我扔出去！」野原輝享受着觀眾們的歡呼，高舉雙臂喊道。

「小牛四號，準備惡作劇垃圾槍！」小笨貓幾乎是同一時間大喊出聲，「噴射廢棄冷凍液！」

一團淡藍色的液體從小牛四號的惡作劇垃圾槍裏噴射了出來，野豬攔路者的前胸驟然凝結出一片冰晶，並迅速蔓延至全身，甚至後背的一台渦輪也被凍住了。

野豬攔路者和小牛四號一起從半空中掉落到地上，發出一聲悶響。

賽場邊緣，野豬攔路者搖搖晃晃地站起來。

「看來野豬攔路者的變形功能還不完善，再加上剛才的凍結和摔倒，目前狀態不容樂觀。」金力説着，「不過，小破牛更悲慘，它還能站起來嗎？我們還有最後10秒，現在開始：10──9──8──」

小牛四號倒在地上，雙眼中的光亮好像接觸不良似的閃爍，眼看就要熄滅了。而此時，野豬攔路者已經走到了它的身後，高高舉起了鐵拳。

「不──牛寶寶！」小小軍團的男孩兒們哀號。

「7──6──」倒計時的聲音響徹水星公園的上空。

「小牛！」小笨貓高呼，「站起來！」

小牛四號似乎聽見了小笨貓的呼喚，光線暗淡的雙眼，突然重新亮起耀眼白光。它努力站直身體，然而還沒來得及站穩，野豬攔路者的鐵拳便落了下來，小牛四號再次倒了下去。

「5——4——」金力在繼續計時。現場的吼叫聲猶如雷鳴，幾乎劃破天際的沉雲。

「貓哥！你快想想辦法！救救小牛四號！」小小軍團絕望的叫喊聲遠遠傳來。

「真遺憾，小牛四號只是保姆機械人，不會打鬥。」氣球人在一旁低聲說，「野豬攔路者的弱點，是它的壓力錶。只要擊中，就能解除目前的危機。」

「對了！」小笨貓突然靈機一動，用盡力氣放聲大喊，「小牛！和野豬攔路者腰部的壓力錶碰拳！」

「什麼？！」野原輝驚聲尖叫。

「3——2——」

小牛四號接收到小笨貓的指令，伸出一隻機械臂，用力朝野豬攔路者撞擊了過去！

「1——」

就在倒計時最後的聲音落下的剎那，小牛四號的鐵拳重重砸在了野豬攔路者腰間的壓力錶上。野豬攔路者的雙眼閃爍了兩下，徹底熄滅了，機械身體發出一陣乾啞的吱呀聲，停在原地，再也沒有了動靜。

小牛四號跟蹌地站起來，它的金屬眉毛耷拉着，看上去疲憊極了，機械身體已經破爛不堪。然而，它此刻站在野豬攔路者的面前，就像一個驕傲的英雄！

「全場比賽結束！」金力的聲音在上空迴響，「真是一個驚險的大逆轉。恭喜機械人小牛四號和駕駛員沐恩獲勝！並獲得排行榜積分10分。」

兩束燈光從浮在半空中的金屬球中投射在了小笨貓和小牛四號的身上，半空中還顯現出被銀色翅膀環繞着的兩個大字——勝利！

水星公園的空地上沸騰了，所有人都震驚不已，高聲狂呼。

「贏了……我們贏了！」小笨貓高高舉起遙控手柄，忘乎所以地又叫又跳，不顧一切地衝上去，緊緊地抱住了負傷的小牛四號。

氣球人的頭頂上綻放出一朵朵虛擬的小焰火，以示慶祝。小小軍團的伙伴們，像幾隻樹熊似的掛在小牛四號的身上，放聲尖叫。

「贏了！我們贏了！」

「貓哥萬歲！小牛萬歲！」

「啊啊——」

「小牛！小牛！小牛！」人羣激動地高聲齊呼。

「不可能！這絕對不可能——野豬攔路者，繼續攻

擊！」野原輝瘋狂地搖動遙控手柄，結果用力過度，手柄被他掰成了兩半。野豬攔路者突然動了起來，但在發出一聲悶響後，轟然倒在了地上，再也沒有了聲音。

「可惡，這個銀翼渾天球肯定有病毒！」野原輝氣急敗壞地從地上撿起了一塊石頭，朝懸浮在半空中的金屬小球砸過去。

「輝哥！那是我的銀翼渾天球！」司明威的慘叫聲中，金屬小球應聲落地，冒起了一縷黑煙。

「遠古時代機械谷」的全息影像消失了。司明威陰沉着臉，茅石強兄弟無所適從地交換着眼神。

小笨貓和小牛四號在伙伴們以及氣球人的簇擁下，得意地走到了哈皮軍團的面前。

「野原輝！比賽我贏了——你該兌現承諾了！」小笨貓目光炯炯地直視着野原輝。

「笨貓！這次是你走狗屎運！」野原輝的臉上青一陣紅一陣。茅石強兄弟將智能手環歸還給了三個男孩兒。

「還有呢，」喬拉走上前，抱起胳膊意氣風發道，「哈皮軍團得圍着這裏跑三圈！」

「還要負擔小牛四號的修理費！」馬達揉着泛紅的眼角大喊。

圍觀的人羣爆發出一陣哄笑聲。

「有什麼好笑的？」野原輝氣急敗壞地叫嚷，「我野原輝是講信用的男人！」他狠狠地瞪着小笨貓，「笨貓，下次你可沒那麼好運了！」

小小軍團的男孩兒們大笑起來。小牛四號和氣球人轉過頭，互相點頭致意，慶祝着勝利。

「今天第一次打敗了野原輝和野豬攔路者，説不定貓哥未來真的有可能駕駛小牛與火焰菲克並肩戰鬥。快來留個紀念！」喬拉興奮地説。

小笨貓和小牛四號被喬拉、彭嗙、馬達以及氣球人環繞，一起笑容滿面地望着對面幫忙拍照的熱心青年，他手裏拿着四個智能手環。

「小鬼們，樂呵一點兒——」青年大聲説。

小笨貓和男孩兒們默契地大喊着，跳到了半空中，明媚的陽光點亮了他們如向日葵般燦爛的笑臉。小牛四號歪着頭，高高舉起了機械臂。氣球人好奇地抬頭看着他們。而哈皮軍團則在他們的身後，狠狠地跑着圈。

咔嚓——快門響了。

一張全息照片出現在半空中，永遠定格下了這一幕。

人羣散去後的水星公園，再度沉寂了下來。一輛回收海洋垃圾的皮卡車闖入了公園裏，彷彿在尋找什麼一般，緩慢行駛在鋪滿殘敗落葉的路面上。

駕駛室已經被黑金甲蟲羣完全佔領，控制面板、座椅，甚至天花板上，到處爬滿了黑金甲蟲。兩行猩紅色的文字，顯現在小電視屏幕上：

⚠ 已到達預設地點。
　　搜查任務目標：陳嘉諾、沐恩。

這時，幾個少年搖頭晃腦地從空地向皮卡車迎面走來。走在最前面的平頭少年高談闊論着，他的身後還跟着一個兩米多高的機械人，粗糙笨重的機械身體，看起來像一大塊深灰色石頭。

「剛才的比賽還真是有趣！」平頭少年興奮地對同伴們説，「沒想到最後勝利的，竟然是沐恩的小破牛！不過，我的巨犀戰士比那兩個機械人都強多了！」其他的男生紛紛起哄表示贊同。

皮卡車在平頭少年的身邊停下來，發出刹車的吱吱聲。

平頭少年和他的同伴們毫不在意地説笑着，繼續往前走去。

這時，他們身後的半敞車窗內，飄出一個乾澀而陰沉的智能語音：「任務目標：陳嘉諾、沐恩。」

　　少年們停下腳步，互相交換了一下疑惑的目光，你一言我一語。

　　「來找人的嗎？陳嘉諾是誰？」

　　「沐恩，不就是剛才操控破牛四號的小子嗎？」

　　「他比賽完就走了！」

　　皮卡車駕駛室內安靜了一秒鐘，接着再次響起了陰沉的聲音：「任務目標：陳嘉諾、沐恩。」

　　「你是耳朵不好使嗎？剛才已經告訴你──」平頭少年朝車窗方向看去，卻突然愣住了。他發現車窗內的駕駛室裏根本沒有人！

　　「沒有司機？那剛才是誰在説話？這輛車是怎麼開過來的？」平頭少年驚愕地低語。

　　彷彿要解答他的疑惑般，駕駛室內響起一陣金屬碰撞的咔嗒聲。

　　緊接着，一大羣黑金甲蟲猶如水流，從車窗內湧了出來，並且順着車門飛快向下爬去。

　　「什麼東西？真噁心啊！」少年們露出嫌惡的表情，紛紛驚叫後退。

　　平頭少年戰戰兢兢地站在原地，勉強吼道：「怕……怕什麼！巨犀戰士，給我上！」

　　深灰色的犀牛機械人低吼着抬起一條機械腿，朝黑金甲蟲羣踩了過去。然而甲蟲們似乎早已經預判到了危

險，飛速地避開了攻擊，並且順着犀牛機械人的腿向上攀爬。

幾秒鐘不到，黑金甲蟲羣便將犀牛機械人完全包裹起來，並且發出一陣啃噬金屬的咔嚓聲。而當黑金甲蟲羣如同潮水般從犀牛機械人的身上退去時，平頭少年引以為傲的巨犀戰士已經被啃得只剩下幾根殘破的金屬骨架。

「怪——怪物啊——」

水星公園裏響起一陣陣尖叫聲，少年們驚恐萬狀地逃離。黑金甲蟲們在閃爍的車燈下聚攏，一個可怕的身影拔地而起，逐漸組合成一隻機械杜賓犬，猩紅的雙眼飛快閃爍着，眼前浮現出幾行紅色的全息文字：

⚠ 任務目標丟失。

繼續⋯⋯搜捕⋯⋯

陳嘉諾⋯⋯沐恩⋯⋯

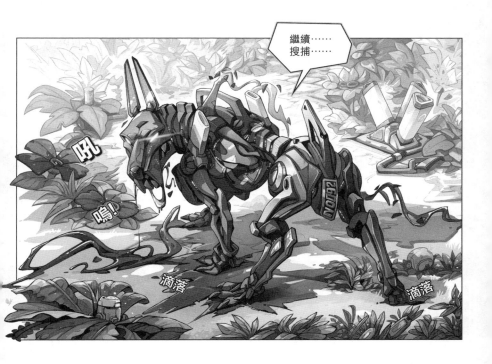

ADOORAKI

《阿多拉基 2 在黑暗處閃光》完

更多精彩，敬請期待。

精彩下冊預告

氣球人的秘密！
軟體鎧甲之中，失憶中的黑十字星顯現真容

尼古拉黑湖！
燃燒的湖面下，機械怪魚來襲！

阿多拉基 3
小鎮少年
大危機！

消失的羽翼

呼嗚呼嗚……

☆☆☆☆☆　小鬼，就讓你見識一下我的力量！

從未有過的灰雪，降臨廢鐵鎮！小笨貓沐恩身邊，怪事也接連出現！
白雲衛士消失、神秘少女降臨……尼古拉黑湖突然升起了鋼鐵巨像，小牛四號失控，在馬路上超速狂奔！黑暗智械們更是步步緊逼，給小小軍團帶來了致命危機！

新的劇情，新的秘密等待揭曉！

附錄

小笨貓大百科連載

大冒險家的未來日誌 2

這就是遊戲，這就是未來，這就是星洲大陸！
來吧！感受逾越森林吹過的生命之風吧！這一刻，讓我們活在冒險家的世界！

本欄目內容涉及劇透，請看完本冊小說故事再翻此頁，閱讀體驗更佳。

自稱是王者的小鎮少年？

野原輝為什麼總要針對我？我沒放過他鴿子，沒給他家搞過亂，也從來沒有看不起他，幹嘛老不放過我？

哈皮軍團要兼併小小軍團？開什麼玩笑？不過，在廢鐵鎮的同齡人裏，也就只有野原輝夠格當我的對手。

小笨貓，其實野原輝應該不討厭你……

阿嚏！

喬拉，你這麼說我都打寒顫了。

別人總想讓我嘴！那麼，男靠實力說話！

●狂野劍豪

野原輝

野原家第三代傳人。不顧星洲衛生署巡察長父親的阻止，一心想成為英才中學最強機甲駕駛員。想效仿已經成為星海騎士的哥哥，成為戰鬥英雄。

其實你不懂大哥的溫柔。

但是我並沒話和你們大哥說啊。→

哈皮軍團就是……

野原輝為首的高年級團隊。包括個頭兒小卻陰狠的司明威、長相難以分辨的茅石強兄弟。團隊追求簡單的快樂和強悍！

總有一天，你會加入我！

我想說，強行拉團是不會幸福的。

菜鳥的終結者！
「野豬攔路者」

如同野原輝是小笨貓的對手，野豬攔路者也是小牛四號的對手！

即將被終結的寂寞

作為保鏢級機械人，野豬攔路者擁有更強的裝備和更大的升級空間，戰鬥能力絕對碾壓保姆級機械人。小牛四號經過超常改裝，贏得了首勝，終於可以結束漫長而孤獨的失敗者的日子了。

日常 線上打小怪

我踩！

← 無論是線上還是線下，小牛四號都替我承受了很多打擊，唉……

日常 升級打怪

我鈎！

野豬攔路者是最厲害的！

馬上被爆料的弱點

1. 追求極致力量的改裝方式，讓敏捷度大幅下降。
2. 腰間壓力錶不但顯示動力信息，還是攻擊弱點。

呼呼

都被你們發現了嗎？

03

野豬攔路者的早期設計版本。

小牛四號的屬性表

雷達圖屬性：
進攻欲
冒險心
感知度
敏捷度
力量
變形速度
破壞力
特殊技能

↓ 小牛四號因為靈敏的感應，在比賽中進行靈活的蛇形走位躲避攻擊，讓野原輝不知所措。

報告 報告保姆機械人已經升級！

小牛四號2.0

大比拚

誰怕誰！

性能分析

更換了新的晶片後，變形只需 6 秒，不僅能迅速加速，還學會了戰術。

升級之後的小牛四號顯得更為靈巧和聰明。現在它從載具變形為保姆衛士只需6秒！
在水星公園與野豬攔路者的競技中，小牛四號利用靈活的球形滾輪，閃避成功。並在關鍵時刻，自動「重啟」並釋放煙幕彈迷惑對手，出奇制勝！

太棒了！

還有一件不可思議的事！

避險模式，保護主人！

只要主人一落座，就會自動系好安全帶。自動飛行時，無須主人操控，如遇危險便會穩穩當當安全降落。

嘁嘁！

↓ 環保度極高的惡作劇垃圾槍，可吸取垃圾並分類，作為「子彈」彈射。

PK!

野豬攔路者2.0

野豬攔路者的屬性表

來PK!

性能分析

力量攻擊型的野豬攔路者，居然加了個致命的機械鐵鈎！

它的機械手掌可以脫離身軀，變形為一個大鐵鈎。鐵鈎連着粗大的鐵鍊，鐵鈎裏還能噴射出藍色的火焰，任誰看了心裏都會發怵。這個升級後的新招式叫作「野豬飛爪」。

報告 不知為什麼這邊也升級了。

野豬攔路者的攻擊完全是力量型，正面對抗的話，我的小牛四號根本招架不住啊！

野豬飛爪！

力量與敏捷兼備的王牌招數。

腦殼笨重的無情攔路者

要把阻攔的一切，全部撞翻！

為了增強耐撞力，腦殼部分用特殊金屬材質做了加厚處理，導致內部散熱不暢，熱力過載時容易處於半死機狀態，無法正常接收野原輝語音指揮，成為只會衝撞的野蠻機器。

天外飛豬

背後會突然升起兩個渦輪。

201

廢鐵鎮王者的巔峯對決

樣機 小牛四號

摩登造型
普遍擁有生物擬態外觀，造型酷炫，可塗裝。

智能達人
多配備與生活、醫療和教育相關的智能系統。

其實很多變
標配是智能機械骨骼裝置，可以選多種組件。

萌寵保姆機械人正流行

↑ 如果參考新一期《機械人流行美裝》，小牛四號也可以變這樣！

S級禁忌系統

小牛四號晶片搭載有情感模擬程序——能讓機械人學習和模擬人類情感，這可能會讓智能機械擁有自我意識，所以是人類機甲駕駛員守則上絕對禁止的！

居家必備
智能保姆機械人

保姆機械人屬服務型機械人，鼻祖是智能家電，普遍配備感覺、識別和推理判斷系統。不少機甲駕駛員會挑選性價比高的這類機型，改裝為新手機甲！

小牛四號原型機

傳說是幼兒護理機，已停產！

機械人與人類不能成為朋友嗎？

冒險首選

智能保鏢機械人

智能機械人一共分為6個級別：保姆、保鏢、保安、警衛、警察、特警。後三個級別屬管制類機型。保鏢級機械人，算是量產民用類別中的佼佼者，各方面性能遠遠優於保姆機械人。
野原輝能收到保鏢機械人作為生日禮物，不得不說是人生贏家！

絕密檔案 幕後機甲設計者

力量勇士
簡直是永不疲憊、正面衝撞的行動坦克。

樣機 野豬攔路者

重工風格
不少機型保留了點焊、切割、激光等功能部件。

其實很精貴
不僅造價不低，保養和維修都很耗星幣。

野豬攔路者原型機

戰錘保鏢機械人正流行！

果然和野原輝是絕配

保鏢機械人擁有更強勁的驅動系統和重型裝甲，但傳感器靈敏度整體偏低。簡單來說，就是跟野原輝那傢伙一樣，力氣挺大、腦子不夠靈活！

王者之爭就比機甲還不夠？

一錘定音，發出猛漢的吼叫才最爽快！

隨心所欲，靈活拼裝定制款才最愜意！

在機甲競技中，除了機型基礎裝配非常重要以外，按照機甲駕駛員操控喜好進行的個性化改裝也非常重要！有可能獨創特殊的人機合一專屬絕技！

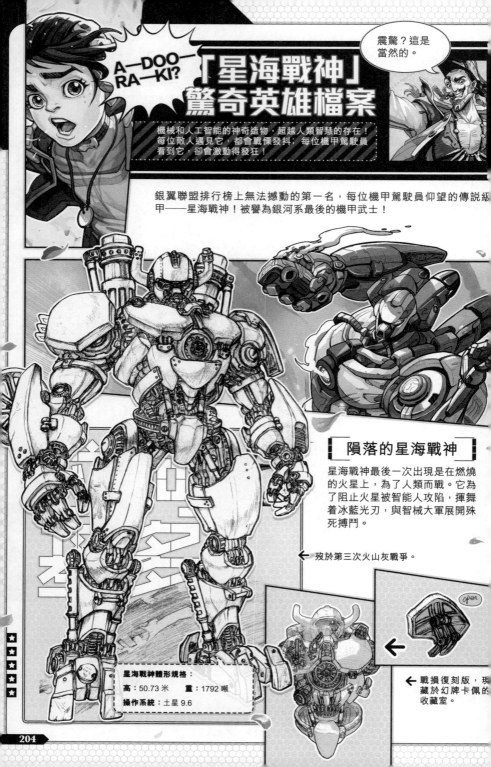

A—DOO—RA—KI?

震驚？這是當然的。

「星海戰神」驚奇英雄檔案

機械和人工智能的神奇造物，超越人類智慧的存在！
每位敵人遇見它，都會戰慄發抖；每位機甲駕駛員
看到它，卻會激動得發狂！

銀翼聯盟排行榜上無法撼動的第一名，每位機甲駕駛員仰望的傳說級機
甲——星海戰神！被譽為銀河系最後的機甲武士！

隕落的星海戰神

星海戰神最後一次出現是在燃燒
的火星上，為了人類而戰。它為
了阻止火星被智能人攻陷，揮舞
著冰藍光刃，與智械大軍展開殊
死搏鬥。

← 歿於第三次火山灰戰爭。

星海戰神體形規格：
高：50.73 米　重：1792 噸
操作系統：土星 9.6

open

← 戰損復刻版，現
藏於幻牌卡佩的
收藏室。

大冒險家的 未來日誌

星海戰神 B 類戰鬥影像

紀要：星海戰神的裂地重錘，
　　　擊落被智能人控制的
　　　戰鬥機羣，扭轉戰局。

背部是汽缸

頭部細節設計

側面結構細節

小牛四號
的牛角形
排氣管，

就是我為致
敬星海戰神
而改裝的！

織甲神兵的怒吼

海戰神每次發動攻
總會怒吼「A──
OO──RA
！讓敵人瑟瑟發
傳説，這是機甲設
師的母語音譯，意思
「鐵甲神兵」。不
暫時沒有任何國家
地區的語言，能套得
套個解釋。

能從胸口發射的橙
紅色離子炮，給予
敵人致命打擊。

如果它們不再僅僅屬人類

人類雖然創造了機械物，賦予它們智
能，但並沒有學會如何馴服、消滅它
們，以及如何與之共處。人類與機械
物之間的關係究竟應是怎樣？這是每
位機甲駕駛員需要直面內心的終極問
題。

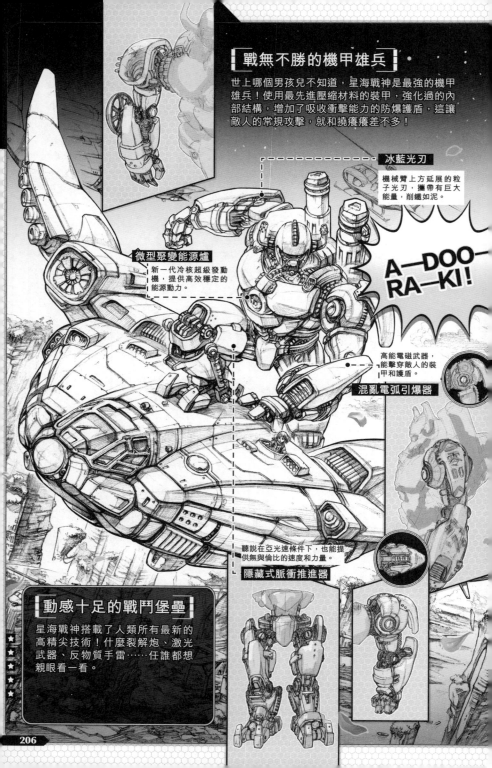

戰無不勝的機甲雄兵

世上哪個男孩兒不知道，星海戰神是最強的機甲雄兵！使用最先進壓縮材料的裝甲，強化過的內部結構，增加了吸收衝擊能力的防爆護盾，這讓敵人的常規攻擊，就和撓癢癢差不多！

冰藍光刃

機械臂上方延展的粒子光刃，攜帶有巨大能量，削鐵如泥。

微型聚變能源爐

新一代冷核超級發動機，提供高效穩定的能源動力。

A—DOO—RA—KI!

高能電磁武器，能擊穿敵人的裝甲和護盾。

混亂電弧引爆器

聽說在亞光速條件下，也能提供無與倫比的速度和力量。

隱藏式脈衝推進器

動感十足的戰鬥堡壘

星海戰神搭載了人類所有最新的高精尖技術！什麼裂解炮、激光武器、反物質手雷……任誰都想親眼看一看。

大冒險家的未來日誌 ②

資料庫讀取中……

B 類以上影像，絕密，權限受限。

星海戰神 B 類戰鬥影像
紀要：擊退首次亮相戰場的巨型機械獸，以半身損壞為代價取得戰役勝利。

星海戰神就是人類的守護神。

小笨貓會與它相遇嗎？

如果說小笨貓最崇拜的人類是火焰菲克，那麼他最心馳神往的機甲就是星海戰神。他生平三大願望之一就是親自駕駛一次星海戰神衝鋒陷陣，哪怕一分鐘也好！

冒險者的聖地 膽小鬼的噩夢

如果説從太平洋中升起的星洲板塊，是冒險家的樂園，那麼機械與生物共生，危險與財富並存的逾越森林，就一定是最受拾荒者歡迎的幸運禁地！

A區

B區

C區

③ D區

⑤

E區

飲馬岩

逾越森林

這是怎樣的奇景？裸露的樹幹，流淌着藍色電漿；腐壞的海底地貌上，劍花吐露着金屬花蕊盛放。當然，還有虎視眈眈的機械凶獸。

分區森嚴的逾越森林

逾越森林位於廢鐵鎮南郊外約37公里處，按安全等級分為S-E共6個區域，特點鮮明，各不相同。進入每個區域，都要提供不同權限ID卡，小笨貓目前只探索過C-E區域。

ID卡核驗成功。
祝你好運，
先生。

絕密檔案　逾越森林

區域等級：無危害

E 區

拾荒者人數最多的區域

這裏是逾越森林外圍的安全區，所以拾荒者很多。但是E區的垃圾都不怎麼值錢，撿一輩子也賺不到大錢。

↑
E區都是些生化機械昆蟲。

⑧

⑨

⑥

垃圾價格	●飲料瓶	0.10 星幣
	●破舊碎裂的漁網	0.05 星幣
	●粘滿海苔和水草的塑料板	0.01 星幣

區域等級：輕危害

C&D 區

沐恩在這裏撿到了白蛋

面積分布最廣的兩大區域，與E區相鄰，用半球電網相隔。變異的生化機械獸物種更豐富，運氣不錯的話能撿到一些能賣好價錢的垃圾，但也更危險。

區域特色	●綠礁石礦區：有許多危險而價值不菲的礦石。
	●鐵絲蜘蛛領地：纖細而堅硬的蛛網，奪過不少人的命。

S 區也等着我探索呢！

冒險者最嚮往的地方

高危險、高輻射區。礦產和能源豐富的A區，尤其以尼古拉黑湖聞名。

逾越森林霸主鋼鬃瑪麗

一頭生化機械野豬，像小貨車那麼大，脖子和左半邊身體都已機械化。以前它是「逾越森林守護者」，最近變得脾氣暴躁了，不能招惹它！

→ 風景不錯，適合發展旅遊業。當然，很可能是有去無回之旅。

區域等級：強輻射

A&B 區

逾越森林 ☆ C 區 大冒險！
！任務日誌！

那麼，現在開始吧！新大陸的征服者們！

大冒險！向任務進發！

握緊手中的弓箭，掌握未來的命運吧！朝着前路進發！

星幣 懸賞任務 1

穿越破洞漁網，尋找進入 C 區秘密通道

必須接通所有傳感器，才能使用拓荒者留下的「屏障鑽頭」。

你能幫忙嗎？

任務類型：觀察力
任務獎勵：1 星幣
　　　　　　電線 2 米

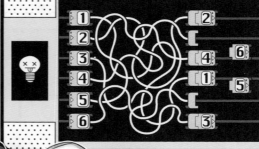

只要你能順利進入 C 區，就會在那裏面撞到我喲！

有4個入口！

入口 **C**　　入口 **D**

入口 **B** ►

入口 **A** ►

出口

↑

智能手環將附近地形簡化為迷宮圖，「X」標記就是電子機械眼！

大冒險家的 未來日誌 ②

星幣 懸賞任務 2

逃離電子機械眼，深入綠礁石礦區

沒有地形遮擋，靠近電子機械眼三格內就會被發現。

我該走哪個入口，穿越這片監控區域？

任務類型：推理力
任務獎勵：1 星幣
　　　　　　螺絲 1 包

發現入侵者！

星幣 星幣懸賞任務 3

修理生化機械野豬

生化機械野豬大腿部分的傷口裏插入了一個多餘的齒輪。多餘齒輪插口的形狀特徵，和其他齒輪都不同。

右邊哪一個才是多餘的齒輪呢？

2　　　　　　　　　　

1

3

4

任務類型：判斷力
任務獎勵：1 星幣

別急，一定可以看出來。

→ 本頁懸賞任務答案，請在本冊尋找。

小笨貓「適者生存」記錄簿，不定期發布！

個頭兒很水，脾氣不水喲！

霸氣的小機械獸們！

咕咕嚕嚕……

在逾越森林，天上飛的、地上跑的、水裏遊的，都可以成為你最可怕的敵人。它們不僅保留了原本的敏捷和野性，更是經過機械化變異，十分霸氣。

宿主結晶飛蟻

物品等級：E 級
分布區域：C 區

蒼蠅大小，紅褐色身體上長有尖銳綠礁石礦。它們一般棲息在綠礁石盆地附近，集體出動時可以捕食一隻鴨嘴猴。強酸性！強攻擊性！請與蟻穴保持50米以上的安全距離！

我們從不單打

↑ 飛蟻研磨成的粉末，是難得的黏合劑原料。

小笨貓就是不小心踩到花花草草，

順便不小心踩到它！

鐵骨剛齒魚

物品等級：E 級
分布區域：A 區

只在逾越森林被發現！鋼鐵魚骨包裹着的魚肉別樣鮮美，令全世界美食家趨之若鶩。小笨貓只想説，野外游泳有風險，下水請謹慎！

小笨貓的才是美食

浮空蝙蝠

↑ 它的機械翼是常見的輕金屬材料。

物品等級：E 級
分布區域：E 區

汪！

性格溫和，喜歡伏地飛行。它們一旦察覺到危險就會用胸腔吸入空氣，變成漂浮球。小笨貓曾被它的氣壓和聲波震盪擊中，就像被籃球砸中般難受。

↑ 休漁期和無民禁止捕撈！

進去得有我的批准！

是誰馴服了那些難題和怪獸

冒險家星幣公會任務！逾越森林物品懸賞！

逾越森林 · 2072 ·

懸賞任務 4

野獸領地

請你架起電網將這些
機械長腳鹿分開，
保證每隻都擁有
大小相同的
獨立領地。

委託人：金吉利
任務類型：日常任務
任務金額：1 星幣

擊退智能人的野心，我們
責無旁貸！快來申領任務吧！

除了懸賞任務之外，協會還緊急募集以下物品：
需求海量：劍花金屬花蕊——2星幣/公斤
需求大量：蠻石礦——5星幣/公斤
需求若干：浮空蝙蝠機械翼——10星幣/副
需求少量：馴服的砂原獸——價格面議

★★★★★

逾越森林 · 2072 ·

懸賞任務 5

植物的機械演化過程

逾越森林 E 區有 3 種常見樹。其中 2 種樹
皮中有鐵皮，2 種樹幹裏長電纜，2 種樹
的樹葉上出現電路。但是沒有鐵皮的樹不
長電纜，不長電纜的樹葉上不會有電路。
你知道這 3 種樹長成什麼嗎？

委託人：龐醫生
任務類型：探索任務
任務金額：2 星幣

逾越森林 · 2072 ·

懸賞任務 6

神秘多面體礦物

傳說，在逾越森林 S 區裏有一種晶體礦物，
它的每一個面都是相同的正多邊形。你能
從這些礦石中找出它嗎？

委託人：古瓜 & 古呆
任務類型：探索任務
任務金額：1 星幣

6 道懸賞任務，
你共計獲得：
——分。

→ 翻開下一頁，進行
最終的入團
測驗吧！

廢鐵鎮入團測試

我們小小軍團，可不是那麼容易招收新兵的！想加入我們，可得拿出點兒真本領。先做個小測試吧，看看你對星洲大陸到底有多了解！
測驗期間，禁止使用智能設備以及機械人助手。

測試注意事項

測試滿分100分，由兩部分構成：
1.此前的懸賞任務全6題，共計7分。
2.入團測題全25題，共計93分。每道選擇題累計3分，每道連線或者填空題累計5分。

1 請列舉出1個小笨貓的夢想。

2 小笨貓和老沐茲恪什麼時候來到廢鐵鎮的？

A.2058年　　B.2059年
C.2060年　　D.2061年

3 以下4種機械人中哪個不是老沐茲恪發明的？

A. 阿里嘎多　　B. 幻海雷神
C. 艾塔2號
D. 巡邏機械人 CE-6

4 小小軍團的基地在哪裏？

A. 古物天閣　　B. 英才學校
C. 牛奶奶的農場　D. 廢車營地

5 請配對小小軍團成員和相對應的昵稱。

沐恩　　喬拉　　馬達　　彭嘟

小浪花　　小火柴　　小笨貓　　小雀

6 你能畫出小小軍團的標誌「爆炸貓」嗎？

7 由野原輝帶領的，和小小軍團作對的小團體叫什麼？

A. 哈皮軍團　　B. 嬉皮軍團
C. 黑皮軍團　　D. 快樂軍團

8 請說出2個「逾越森林」的別稱。

9 小笨貓想要離開廢鐵鎮去往的地方叫什麼？

A. 隕星鎮　　B. 落霞鎮
C. 岩石城　　D. 新京海市

10 以下哪一個區不在逾越森林區中？

A. 綠礁石盆地　　B. 天空之
C. 赤道靶場　　D. 鐵絲蜘蛛領

11 請說出逾越森林C區和E區間屏障的稱呼。

12 請說出月光街最有名的別稱。

A. 生命最後的驛站
B. 生命最初的驛站
C. 生命盡頭的驛站
D. 生命起源的驛站

13 星洲是第二次火山灰戰爭漂浮起來的垃圾洲，它位於哪片大洋上？

A. 太平洋　　　　B. 大西洋
C. 印度洋　　　　D. 北冰洋

14 爆狐的兩柄激光刀裝在他身體的哪個部位？

A. 手掌　　　　B. 手背
C. 手臂　　　　D. 肩膀

15 小笨貓第一次遇見霧砂是在哪裏？

A. 弧光電磁雲梯
B. 外骨骼機甲店
C. 飛行器巷道

16 奧茲曼是不是智能人？

A. 是　　　　B. 不是

17 卡佩店長又被稱作什麼？

A. 海底漫步者
B. 怪帽子
C. 猩紅之眼
D. 幻牌大師

18 請說出小牛玩石頭剪刀布必輸的原因。

19 以下哪一個模式是火雞王座沒有的？

A. 全自動飛行模式
B. 衝浪飛行模式
C. 直沖雲霄模式
D. 飛碟探索模式

20 卡佩店長的收藏室裏，最珍貴的機甲是什麼？

A. 隕落戰斧　　B. 無影劍客　　C. 電光流雲
D. 星海戰神的戰損復刻版

21 野豬攔路者的臉是什麼顏色的？

A. 黑色　　B. 綠色　　C. 灰色
D. 金色

22 請按照體型從小到大排列吸鐵石的4種變形。

A. 黑金甲蟲
B. 海上機械怪獸
C. 機械蠍子
D. 機械杜賓犬

23 小牛四號的新招式是什麼？

24 以下哪個不是白雲衛士擁有的道具？

A. 空氣雨傘　　B. 滑翔翼
C. 激光槍　　　D. 催淚彈

25 請說出吸鐵石的致命弱點。

嗒

嗒

啊

野豬攔路者！

嗒

統計分數
看看在小小軍團裏面，你屬於哪個位置？

81-100分！

超強團隊領袖，統一星洲不是夢想！

你簡直就是力壓小笨貓、超越野原輝的存在！説説看，接下來你有什麼大計劃？記得招募好成員，把團隊目標、分工和規則告訴我！

61-80分！

團隊中流砥柱，冉冉升起明日之星！

幹得不錯！你一定就是我們需要的伙伴了！如果能更注意與人相處的小細節，表現得更友善一些，我想會有更多朋友喜歡上你。

40-60分！

全能打雜萬金油，其實缺了你也沒什麼！

你一定看起來很忙，卻總不能把時間花在點子上。試試拿出一張紙，把想做的事列成清單，從最重要、很緊急、必做的事情入手！

40分以下！

你是乖乖好學生，需要保護的吉祥物！

説真的，你有誠意加入一個團隊嗎？看起來，你需要花一些時間了解團隊的成員，試試從與每位成員都能聊天10分鐘開始吧！

答案

1. 成為機甲英雄。
2. C
3. D
4. C
5. 沐恩——小笨貓
   喬拉——小雀斑
   馬達——小火柴
   彭嘩——小浪花
6. 略。
7. A
8. 魚躍森林，不可逾越森林。
9. D
10. A
11. 半球電網。
12. A
13. A
14. C
15. C
16. A
17. C
18. 小牛四號只有兩根手指，只能出剪刀。
19. C
20. D
21. B
22. ACDB
23. 惡作劇垃圾槍。
24. D
25. 怕酸性物質。

答案 星幣懸賞任務和訓練：

懸賞1： 右邊的5號應接第二個，6號應接第五個。

懸賞2： 走C入口。

懸賞3： 2號齒輪。
（1、3、4號齒輪的插口都是既旋轉對稱又軸對稱的圖形，只有2號齒輪的插口僅滿足旋轉對稱。）

懸賞4： 如右圖。

懸賞5： 3種樹中的2種樹同時具有鐵皮、電纜和電路的特徵，剩下的1種樹完全沒有這3項特徵。

懸賞6： B
（這種圖形是「正十二面體」。）

得分

索飛瀾
工作室

《阿多拉基》製作團隊人員名單

製作人……………………………………雷　鑄

繪　製
原畫繪製……………………………………葉俊人
彩色繪製……………………………………林　勃
單色繪製……………………………………樓奕東
　　　　　　　　　　　　　　　　　　丁　睿

彩色襯紙……………………………………周莎莎
單色扉頁……………………………………趙思穎

設　計
欄目設計……………………………………樊佳一
美術設計……………………………………雷　鴻
　　　　　　　　　　　　　　　　　　劉厚松

策劃…………………………………………劉　偉
品牌運營……………………………………謝　燕

文案助理……沈潔純　李曉露　秦嘉琪
　　　　　　倪　玥　蔣達興　馮佳逸
　　　　　　周　丹　王詩慧

繪製助理……李文耀　陸琲卿　周　琳
　　　　　　馬思凡　池雙雙　董嘉煒

協力…………譚天曉　曹之一　申子江
　　　　　　楊天宇　李仕傑　蔣斯珈